D0907805

Et moi alors ?

**Grandir avec un frère ou une sœur
aux besoins particuliers**

ÉDITH BLAIS

Et moi alors ?

Grandir avec un frère ou une sœur aux besoins particuliers

Nouvelles
suivies de **Exercices et stratégies**

Éditions de l'Hôpital Sainte-Justine
Centre hospitalier universitaire mère-enfant

Données de catalogage avant publication (Canada)

Blais, Édith

Et moi alors ? : grandir avec un frère ou une sœur aux besoins particuliers

Comprend des réf. bibliogr.

ISBN 2-922770-37-0

1. Frères et sœurs - Romans, nouvelles, etc. 2. Enfants handicapés - Relations familiales - Romans, nouvelles, etc. 3. Enfants malades - Relations familiales - Romans, nouvelles, etc. I. Hôpital Sainte-Justine. II. Titre.

PS8553.L34E8 2002   C843'.6   C2002-940125-9
PS9553.L34E8 2002
PQ3919.2.B52E8 2002

Illustration de la couverture : Philippe Germain
Infographie : Céline Forget

Diffusion-distribution au Québec : Prologue inc.
      en France : Casteilla Diffusion
      en Belgique et au Luxembourg : S.A. Vander
      en Suisse : Servidis S.A.

Éditions de l'Hôpital Sainte-Justine
3175, chemin de la Côte-Sainte-Catherine
Montréal (Québec) H3T 1C5
Téléphone : (514) 345-4671
Télécopieur : (514) 345-4631
www.hsj.qc.ca/editions

Dépôt légal : Bibliothèque nationale du Québec, 2002
     Bibliothèque nationale du Canada, 2002

À tous les frères et sœurs d'enfants
aux besoins particuliers.
Que chacun trouve sa voix !

Un gros merci...

À Marie-Céline Collette, Ph. D. Psy., pour son attention particulière et aimante. Pour avoir généreusement partagé avec moi les résultats de sa thèse de doctorat: *Étude phénoménologique de la motivation à créer auprès de personnes créatrices* (UQAM 1996).

À Donald J. Meyer, directeur fondateur du *Sibling Support Project of the Arc of the United States*, conférencier et auteur de plusieurs livres sur la fratrie. Pour ses encouragements à créer des outils destinés aux frères et sœurs francophones du Québec.

À Colette Gosselin, consultante en déficience intellectuelle, pour son engagement auprès des familles et pour son intérêt en ce qui concerne les besoins de la fratrie.

À l'Union des écrivaines et écrivains du Québec (UNEQ) pour avoir choisi, à l'hiver 2000, mon projet d'écriture dans le cadre du concours Programme de parrainage.

À Charlotte Gingras, écrivaine pour la jeunesse et marraine désignée par l'UNEQ, pour l'intérêt porté à mon projet d'écriture particulier, pour le soin qu'elle a apporté aux détails et pour sa générosité.

À Francine Pelletier, écrivaine pour la jeunesse et animatrice au Loisir littéraire de Montréal, qui a cru en mon premier jet de *Star d'un soir* et qui en a parlé à Luc Bégin, éditeur.

À Luc Bégin, responsable des Éditions de l'Hôpital Sainte-Justine, qui a cru en mon projet d'écriture pour les frères et sœurs. Pour le respect de mon rythme.

À tous les frères et sœurs avec qui j'ai eu le privilège de travailler au fil des ans, pour leur confiance et leurs témoignages. Aux parents pour leur capacité à entendre l'expérience de la fratrie.

À ma famille et à mes amis pour l'intérêt manifesté envers mon projet et pour leurs encouragements répétés. Et spécialement à Francesca, Hélène et Brigitte, pour leur fidélité et pour leurs bons mots stimulants.

À Pierre, pour son appui et sa présence amoureuse.

À Édouard, bel amour qui m'a accompagnée dans l'achèvement de ce projet.

À mon frère Vincent, pour la complicité et l'humour partagé. À ma mère, pour avoir su soutenir mon désir d'écrire pour la fratrie. Et un clin d'œil complice à la mémoire de mon père.

TABLE DES MATIÈRES

AUX FRÈRES, AUX SŒURS
ET AUTRES JEUNES LECTEURS

Jeanne, Léa, Gabriel et Maxime, les personnages que vous rencontrerez dans mes histoires partagent leur vie avec un frère ou une sœur ayant des besoins particuliers. Comme chacun d'entre nous, ils ressentent des désirs, ils font des rêves, ils ont des frustrations et ils relèvent des défis, et chacun s'applique à sa manière.

Pourquoi écrire un livre mettant en vedette des frères et sœurs? Parce que les frères et sœurs sont riches d'une expérience fraternelle particulière, et ils ont beaucoup à partager et à enseigner. Dans mes histoires, je donne la parole à ceux et à celles qui ont l'habitude de se taire. Trop souvent, les frères et sœurs n'expriment pas leurs émotions profondes afin de protéger leurs parents, de ne pas les blesser ni les choquer.

Avec ce livre, j'ai voulu créer des personnages qui nous ressemblent. Pour rire avec eux, pour se laisser toucher par leur histoire et ne plus avoir l'impression d'être seul.

Je vous invite à lire ce livre avec votre cœur et à accueillir les personnages comme vous aimeriez qu'on vous accueille. Au fil des histoires, vous vous reconnaîtrez sans doute dans un ou plusieurs personnages. Votre frère ou votre sœur peut très bien avoir des besoins particuliers différents de ceux des personnages, mais vous reconnaîtrez tout de même les émotions, les pensées et les inquiétudes de Jeanne, de Léa, de Gabriel et de Maxime.

Les personnages de mes histoires sont fictifs. Pour les créer, j'ai puisé dans mon expérience personnelle, dans mes lectures et dans les témoignages de gens que j'ai eu le privilège de rencontrer grâce à mon travail.

Ce livre peut devenir un compagnon, un outil pour mieux vous connaître en voyant vivre mes personnages.

Bonne lecture !

AUX PARENTS ET AUTRES LECTEURS QUI ONT À CŒUR LE BIEN-ÊTRE DES FAMILLES

Je vous invite à ouvrir votre cœur à ce que vivent les frères et les sœurs dans mes histoires. Même s'ils sont fictifs, ils ont des émotions authentiques et souvent ambivalentes. Comme dans la vraie vie, ces émotions sont difficiles à nommer.

Encore aujourd'hui, la réalité des frères et des sœurs d'un enfant qui a des besoins particuliers n'est à peu près pas représentée dans la littérature jeunesse. J'ai voulu créer des personnages qui leur ressemblent, tant dans leur histoire familiale que dans leurs émotions, leurs pensées et leurs inquiétudes, parce que je crois en l'importance pour les jeunes frères et sœurs de se reconnaître.

Les services offerts à la famille semblent encore trop souvent oublier les frères et les sœurs, jusqu'au jour où les problèmes graves apparaissent. Je souhaite contribuer à les sortir de l'ombre, à leur donner la parole. Comme les ressources qui leur sont destinées sont quasi inexistantes, ce livre est un outil qui me permettra de rejoindre plus de frères et de sœurs que je pourrais le faire individuellement. C'est un début...

Les relations des frères et sœurs avec l'enfant qui a des besoins particuliers s'étendent sur toute une vie. C'est beaucoup plus que pour les parents qui, eux, ont vécu au-delà d'une vingtaine d'années avant l'arrivée de cet enfant et qui mourront souvent bien avant les frères et sœurs. De plus, ces enfants partagent les mêmes préoccupations que leurs parents (isolement, deuil du frère rêvé ou de la sœur rêvée, besoin d'information, culpabilité, anxiété face à l'avenir, sentiment de responsabilité et lourdeur de la prise en charge), et ils ont aussi leurs préoccupations uniques : ressentiment, problèmes avec les pairs, honte, pression de performance…

Les frères et sœurs adultes avec qui j'ai eu le plaisir d'échanger sont presque unanimes à souligner les occasions d'apprentissage que leur a apportées cette expérience fraternelle particulière. Ils ont le sentiment d'être devenus de « meilleures personnes » et en sont fiers ! En confiance, ils se laissent aller à témoigner aussi de leurs frustrations, de leurs inquiétudes et de l'ambivalence de leurs émotions, toujours présentes.

L'objectif premier est de donner aux enfants les moyens d'exprimer les émotions complexes et ambivalentes à l'égard de leur frère ou sœur qui a des besoins particuliers. Je souhaite contribuer à leur « donner la permission » d'exprimer tout ce qu'ils sont et peut-être leur éviter des souffrances inutiles.

Ce livre peut être un compagnon pour vous, parents, un outil favorisant la communication avec vos enfants qui, comme les personnages de mes histoires, tendent des perches et cherchent à trouver un sens à leur réalité.

Bonne lecture !

Première partie

NOUVELLES

Star d'un soir

Plus que quarante-huit heures. J'arrive tout juste de l'école et je m'enfonce déjà dans ma caverne. Depuis que les parents m'ont donné le feu vert et m'ont dit : « Douze ans, Jeanne, ça se fête en grand ! », j'ai des idées plein la tête. J'y pense jour et nuit ! Un premier vrai party, juste pour moi. Un party vraiment à mon goût. Pas un dimanche après-midi. Non. Un samedi soir ! Je me promets une méga-soirée. Une expérience inoubliable !

Le compte est bon. Ils ont tous répondu oui. Quatorze invités en plus de Julie, de Catherine et de moi-même, pour un total de… dix-sept personnes. Dix-huit avec Laurence.

Ma mère m'a aidée à préparer le menu du goûter ; en plus des sandwichs, on servira des chips et des boissons gazeuses en masse. Mon père, lui, m'a aidée à enregistrer des cassettes audio. Il a été hyper-patient même si le hip-hop, non merci, très peu pour lui.

Mine de rien, organiser une fête, c'est de l'ouvrage ! Depuis déjà trois jours, je consacre mes fins d'après-midi et mes soirées entières à la décoration du sous-sol.

Évidemment, ça ne plaît pas du tout à Laurence. Elle, c'est ma petite sœur. Même avec ses quatorze ans et demi, elle n'a rien d'une grande sœur. La preuve ? J'ai appris à marcher bien avant elle. À manger toute seule et aussi à m'asseoir sur la toilette pour faire pipi. Il y a un tas de choses qu'elle ne pourra jamais faire. Comme du vélo par exemple. Difficile à croire, hein ?

Au début de la semaine, j'ai collé sur la porte du sous-sol un bout de papier où j'ai écrit: **Zone interdite**. Pour rire, j'ai même dessiné une tête de mort. Le message est clair: **Personne ne doit franchir le seuil de cette porte**. La consigne vaut pour tout le monde. Surtout pour Laurence ! J'ai bien tenté de lui expliquer, mais il y a des choses comme celle-là qu'elle ne comprend pas. Rien à faire. Alors, mon ingénieux de père a installé un crochet derrière la porte pour que je puisse travailler en paix. La dernière chose dont j'ai besoin, c'est d'un char d'assaut dans les pattes. Avec l'aide de ma sœur, le décor ressemblerait davantage à un champ de bataille. Non, merci. Ma fête, je la veux parfaite !

Ah non, elle recommence. Je ne peux plus supporter son tapage. Vlan ! Elle vient de se jeter en bas de son fauteuil roulant et elle bouscule sa marchette. On pourrait croire qu'une armée complète marche au-dessus de ma tête. Un vacarme in-fer-nal ! Le plancher craque sous chacun de ses pas. Elle arrive. Bing ! Bang ! Elle cogne sa marchette sur la porte de ma caverne. Son branle-bas de combat ne fait que commencer. Elle rouspète haut et fort.

Arrêtez-la ! J'ai beau me boucher les oreilles avec les mains, je l'entends. Je serre les dents. Qu'est-ce qu'ils font les parents ? Qu'est-ce qu'ils attendent pour venir la chercher ? Tiens bon, Jeanne... Il ne faut pas flancher. Mais, je me connais, je ne vais pas pouvoir subir ça encore bien longtemps. C'est elle ou moi ?

Ouf! Enfin. Les parents ont réussi à lui changer les idées. Pas facile, hein? Heureusement pour tout le monde, l'enfer est presque terminé. Sauf si Laurence déploie son armée pendant mon party ou si elle déclare la guerre à mes décorations ou pire, si elle prend mes invités en otage. Je ne fais pas de blagues. Elle pourrait tout gâcher.

Bon, je me remets au travail. J'attache des rubans bleus après tout ce qui dépasse; la colonne, la plante suspendue, un tuyau, l'antenne de la télé... Toutes sortes de bleu; de lavande à indigo, avec des touches d'azur. Et plein de motifs différents aussi; des rayés, des fleuris, d'autres à pois. Avec mon père, j'ai acheté suffisamment de ballons pour couvrir le plafond au complet. Pour un ciel bleu. Il m'a promis de les faire gonfler à l'hélium, samedi après-midi. Le sous-sol subit une vraie métamorphose! Douze ans, ça se fête en grand!

Il ne me reste à régler qu'un tout-petit-détail-minuscule-de-presque-rien-du-tout. Je tourne et retourne une idée dans ma tête. Mais ça ne sort pas. Si seulement les parents y pensaient tout seuls. J'aimerais qu'ils aient une boule de cristal pour voir à l'intérieur de moi. Juste pour une fois. Pour deviner. Ils comprendraient tout de suite que je ne veux pas la lune. Juste une soirée pour moi. Sans spectacle solo de Laurence... sans explication à donner à mes amis et... sans applaudissements pour acheter la paix.

On pourrait croire que je suis sans cœur, mais... Laurence pourrait vraiment foutre le bordel. Elle n'est pas folle des fêtes à moitié. Dans son excitation, elle ne manque jamais une occasion de cracher sur les chandelles, de sauter sur les cadeaux ou, pire, de se pendre au cou de tout le monde. Disons qu'elle a la réputation de laisser sa marque. Je le sais. C'est plus fort qu'elle. Mais quand même!

Ma sœur ne fait pas ses quatorze ans. Elle agit plutôt comme une enfant de cinq ans; comme un bébé dans un corps d'ado. À deux jours de mon party, j'hésite toujours. Qu'est-ce que je fais ? J'en parle aux parents, oui ou non ? Je ne voudrais pas qu'ils s'imaginent que je n'aime plus ma sœur.

Demain. Je trouverai peut-être un bon moment.

Si j'arrive à fermer l'oeil d'ici la soirée de l'année, je serai chanceuse. Les trois dernières semaines ont été les plus longues et les plus excitantes de toute ma vie ! Pour la centième fois, je relis la liste de choses à faire. Je ne suis pas énervée à peu près. Complètement survoltée. Les yeux fixés au plafond de ma chambre, je m'imagine dans la peau de la *Star d'un soir*…

* * *

J'arrive en courant. Pas une minute à perdre. Je la vois debout dans la fenêtre. Difficile de la manquer ; les rideaux sont grand ouverts. On pourrait croire qu'elle s'excite, mais c'est plus fort qu'elle ; Laurence ne contrôle pas toujours ses mouvements. Résultat ? De drôles de chorégraphies pour le voisinage.

Ma sœur est la championne des routines ! Comme d'habitude, elle est revenue de l'école avant moi et m'attend impatiemment. À chaque fois, on jurerait qu'elle ne m'a pas vue depuis des siècles. L'extase en personne ! Normalement, fidèle au poste, je lui fais faire des exercices de physiothérapie ou ses devoirs. Mais, cette semaine, pour les besoins de ma cause, j'ai modifié l'horaire. Aujourd'hui, vendredi, comme mes préparatifs sont presque terminés, je vais lui consacrer quelques minutes. Pas longtemps. Une demi-heure peut-être. Juste pour lui faire plaisir.

Il faut la voir s'appliquer à faire un « L ». Si facile pour moi, si difficile pour elle. Juste pour tenir son crayon, ça lui demande un travail fou. Si j'étais à sa place, je serais complètement découragée, mais elle, elle persévère. Je suis pas mal fière de ma sœur. Un jour, elle écrira son nom sans mon aide. J'en suis presque certaine. Pour le moment, je l'encourage avec mes applaudissements. Qui n'aime pas les bravos, hein ?

Des fois, je me creuse la tête pour que ce soit un peu plus amusant, parce qu'à la longue les exercices sont plutôt ennuyants. Pas pour elle, pour moi ! Toujours la même chose ; étire la jambe, plie la jambe…

Chez eux, mes amis préparent la table, font du ménage ou tondent le gazon. Moi, je m'occupe de Laurence. Si on était quatre enfants dans la famille, on pourrait prendre soin de Laurence à tour de rôle. Et, de temps en temps, je pourrais faire autre chose. Comme flâner au parc après l'école, faire partie de l'équipe de ballon-volant ou n'importe quoi…

Ma mère vient prendre la relève auprès de Laurence pour que je disparaisse en douce. Mais cause perdue. Devant les supplications de ma sœur, je me demande encore : c'est elle ou moi ? Je serre les dents, tourne les talons, regarde droit devant, et descends dans ma caverne. Pourquoi est-ce si difficile ? Si seulement elle pouvait comprendre… Je ne suis pas l'ennemie. Je l'aime toujours. J'ai juste besoin d'un peu de temps. C'est tout.

J'en profite pendant que mon père met Laurence au lit. Allez, Jeanne. Courage !

— Maman, il faut que je te parle.

— As-tu besoin de quelque chose pour ton party, ma grande ?

Elle rit encore. Je sais qu'elle est contente. Parce qu'elle
va à la fête, mais aussi parce que je m'occupe d'elle.

Mon père est plutôt drôle à voir, enfoui dans sa four-
gonnette remplie de ballons. C'est son deuxième voyage.
En sortant les ballons, on doit être très prudent pour ne
pas les échapper parce que l'hélium les ferait s'envoler.
Oups! La ficelle d'un ballon s'est enroulée autour d'un
poteau de la rampe d'accès. Tiens, ça me donne une idée…

Tout de suite, j'en accroche le long de la rampe. Jusqu'à
la porte. Génial! Les parents sont d'accord. Aussi, on
allumera la lumière extérieure pour indiquer l'entrée. Mes
invités vont tout de suite comprendre que dans ma famille,
une personne utilise un fauteuil roulant. J'espère que ça
suffira à amortir le choc. Au sous-sol, le plafond se transforme graduellement en un beau ciel bleu. Exactement
comme je me l'imaginais.

Je monte vite pour me préparer. J'hésite encore à porter
mon chandail moulant. Je l'ai acheté spécialement pour
cette soirée, mais… J'enfile mon jeans et mes souliers noirs.
J'applique juste un peu de couleur sur mes lèvres. Plus
orange que rose. Julie dit que ça va mieux avec les reflets
roux dans mes cheveux et les taches de rousseur sur mon
nez. Je lisse mes cheveux. Un truc de Catherine; elle a des
frisettes rebelles, elle aussi.

Pow! Quoi, déjà? Laurence vient de faire éclater son
premier ballon. Elle m'attend de l'autre côté de la porte
de ma chambre. Je dois maintenant trouver autre chose
pour la faire patienter sinon l'attente sera longue… pour
tout le monde.

Presque dix-neuf heures. Laurence se promène de long en large avec sa marchette. Elle s'exerce à la marche militaire. Un bruit d'enfer ! Ça ne peut pas durer. Il faut qu'elle se calme... et moi aussi. Dès que je lui confie la responsabilité d'annoncer l'arrivée des premiers invités, elle se colle le nez dans la fenêtre du salon.

Oups ! Encore un de ses spasmes musculaires. Ses bras et ses jambes flanchent. La marchette se renverse. Laurence s'effondre par terre. Ayoye ! Difficile à croire, mais il lui en faut plus que ça pour s'arrêter. Appuyée sur ses coudes, elle s'étire le cou pour mieux voir dehors. Chaque fois qu'une voiture passe devant la maison, ses bras s'agitent dans toutes les directions. Ses yeux s'allument. Elle ressemble à mon père avec ce regard moqueur.

Pour l'amuser, je saute à chacun de ses cris. Quand je m'excite et cours vers la porte, des larmes de plaisir coulent sur ses joues tellement elle rit. Notre jeu préféré. Quoi ? Il faut bien que je me détende, moi aussi ! Je m'amuse pour vrai, mais en dedans, ça tremblote. L'excitation peut-être. Ou la peur. J'espère seulement qu'elle gardera sa bonne humeur. Ce soir plus que jamais !

— Liiii-u-liii !

Cette fois, je suis certaine qu'elle ne blague pas. Laurence a reconnu notre amie ! Tel que promis, aussitôt arrivée, Julie l'entraîne vers le sous-sol. Quel soulagement ! J'aurai maintenant la paix pour accueillir mes invités. Tiens, j'entends déjà quelqu'un...

— Pour qui la rampe ?

— Sa sœur.

J'entrouvre la porte. Sébastien et Catherine sont là.

— Hein ? Sa sœur est handi...

Oups ! Sébastien m'a aperçue.

— ...Euh, salut ! Bonne fête !

Il me tend une enveloppe jaune soleil et se faufile à l'intérieur. Après le bleu, le jaune est une de mes couleurs préférées. À ouvrir plus tard seulement.

Tour à tour, mes invités font la connaissance de Laurence dès leurs premiers pas dans l'escalier menant au sous-sol. Sébastien aussi. Tout de suite, je vois ses sourcils se froncer. Il cherche du regard d'où proviennent ces bruits étranges. Qu'est-ce qui se passe ? Les points d'interrogation dans ses yeux s'atténuent dès qu'il aperçoit Laurence avec Julie. Elles s'amusent avec... Pow ! Elles jouaient avec un ballon.

Vingt heures trente. Après quelques pas de danse mala-droits, Laurence s'écroule par terre. Tout le monde reste figé, les yeux ronds comme des deux dollars. Étendue au sol, elle nous en donne plein la vue avec ses spasmes. Non, ce n'est pas sa dernière chorégraphie de *break dance*. Je masse sa jambe, mais ça ne suffit pas. Les muscles de ses jambes et de ses bras se raidissent, et font des mouvements brusques. Je lève les yeux. Personne n'a encore disparu. Ils font cercle autour de nous. J'aurais préféré qu'elle ne fasse pas de spectacle ce soir, mais je sais que c'est plus fort qu'elle. Catherine avertit mon père qui descend tout de suite, prend Laurence dans ses bras et la ramène en haut. Encore sous le choc, les amis se tournent vers moi.

— Qu'est-ce qu'elle a ? Elle fait ça souvent ? Ça lui fait mal ou quoi ?

Jeanne, c'est maintenant l'heure des explications. Vas-y, plonge.

— Ma sœur a la paralysie cérébrale. Des fois, quand ses muscles se contractent, ça lui fait mal.

J'ai réussi à répondre à toutes leurs questions, sauf une : pourquoi est-ce qu'elle ne parle pas ? Il faudra que je redemande aux parents, j'ai oublié la cause exacte. J'aurais pu ajouter qu'elle a aussi une déficience intellectuelle, mais ça en fait des choses à expliquer. La prochaine fois peut-être... S'ils veulent en savoir plus.

Après seulement dix minutes d'interrogatoire, mon party reprend. Tout n'est pas gâché. La musique résonne jusqu'à en faire vibrer les murs. À faire décoller la peinture. On dirait que j'ai un haut-parleur dans le ventre tellement c'est fort. Il faut presque crier pour s'entendre parler. Un vrai party ! Génial ! Une réussite ! Les ballons ne résistent pas longtemps aux tapes qu'on s'amuse à leur donner. J'en ai mis quelques-uns de côté pour Laurence. On s'amusera encore demain. Catherine m'a enroulé un paquet de rubans autour du cou. Ça fait chic ! Je suis Jeanne, la star d'un soir !

Je viens d'apercevoir ma mère dans l'escalier pour notre signal de vingt-deux heures trente. Elle servira le gâteau dans quinze minutes. Laurence descend sur les fesses toutes les marches de l'escalier. Moi qui l'imaginais confortablement couchée dans son lit. Trop beau pour être vrai. J'espère seulement qu'elle va bien se tenir pour la suite parce que le gâteau et les cadeaux restent à venir.

Non. Je ne rêve pas. Sébastien apporte la marchette au bas de l'escalier. Il offre à ma sœur ses bras en appui. Jamais je ne l'aurais cru aussi sensible. Oh, oh... Ses genoux plient sous le poids de Laurence. J'espère qu'il ne se blessera pas. Si j'avais su, je lui aurais enseigné quelques trucs. Je me sens bizarre juste à les voir enlacés tous les deux. J'ai la gorge serrée.

Une fois debout, Laurence retrouve son sourire de fête ; celui fendu jusqu'aux oreilles. D'un pas lourd et saccadé, elle s'approche de la table en vacillant. Gauche, droite, gauche, droite. Tout le monde lui cède le passage. Comme pour dire : à vos ordres, mon général ! Ça me fait sourire. Mes invités ignorent qu'elle représente parfois une armée à elle seule. Sacré Laurence !

Solidement appuyée sur sa marchette, elle attend mon signal. Une tradition dans la famille ; Laurence est notre souffleuse de bougies. Ses joues sont gonflées à bloc. Je ferme les yeux le temps de faire mon vœu et « Un... deux...trois... go ! » Au bout de sa troisième tentative, les applaudissements résonnent de partout. Qui n'aime pas les bravos ? Essoufflée, fière d'elle, Laurence tente de se tenir le plus droit possible. Aucune grimace à l'horizon. Ouf ! Une chance... Personne n'a remarqué les gouttelettes de salive atterrir sur le gâteau. Je tire une chaise et tranche le premier morceau de gâteau pour ma grande petite sœur. Un méga-morceau. Celui avec la fleur en chocolat. Tel que convenu, ma mère vient l'aider à manger pour minimiser les dégâts. Merci maman.

Pendant que tout le monde se régale, voilà que mon père sort les cartes et les cadeaux du placard. Il a bien fallu les cacher sinon Laurence se serait chargée de les ouvrir tous. Laurence, sa tête sur les genoux de ma mère, ne bouge pas. Rien. Aucune réaction. Ses yeux ont peine à rester ouverts. On pourrait croire que je l'ai assommée avec mon gros morceau de gâteau. Je n'y suis pourtant pour rien. Sauf peut-être pour avoir fait un vœu : ferme les yeux Laurence, fais dodo ma petite sœur.

Je repère tout de suite l'enveloppe jaune sous le paquet rayé bleu et rose métallique. Je la garde pour la fin. Comme un dessert. Pour une fois, je peux prendre tout mon temps. Pas de panique, Laurence s'est endormie. J'ouvre chacun des présents avec beaucoup de soin et je lis à haute voix les beaux mots que mes amis m'ont écrits.

Ma sœur dort toujours. Ma mère retire doucement une enveloppe de la poche de son jeans. Elle me la tend. À l'intérieur, une carte fabriquée à la main, froissée et mordillée dans un coin. Pas un bruit. Pas un mot. Que des regards curieux. Son nom, écrit en très gros caractères. Un grand frisson descend jusqu'au bout de mes orteils. Ma première carte de fête signée de la main de ma sœur. Je savais qu'elle réussirait ! Ça me fait chaud en dedans. Ce n'est pas la peine de cacher mes yeux pleins d'eau. Tout le monde a déjà remarqué.

Je reconnais ses coups de crayons manqués. Je sais très bien que les parents l'ont aidée, mais je m'en fous. Je suis tellement fière d'elle ! Après toutes ces heures à travailler ensemble, elle ne pouvait me faire une plus belle surprise. Malgré mon élan, je préfère retenir mes bravos jusqu'à demain. Je ne voudrais surtout pas la réveiller. Quand même ! Laurence, c'est Laurence ; demain, un autre jour. Et ce soir, c'est ma fête !

Je reçois une foule de déclarations d'amitié. Et ce n'est pas terminé ! Tous les regards sont rivés sur moi. Un moment de célébrité qui restera longtemps gravé dans ma mémoire. Mes parents ne plaisantaient pas lorsqu'ils ont dit : « Douze ans, Jeanne, ça se fête en grand ! »

Dans l'enveloppe jaune, Sébastien a glissé un certificat-cadeau pour le cinéma. Pour deux personnes. Et du maïs soufflé en masse ! Tout le monde voudrait bien savoir ce qu'il a écrit, mais ils ne sauront rien. C'est notre secret.

Que la fête continue…

Dure journée pour Léa !

Aujourd'hui, ce sera la pire journée de toute ma vie ! Une rentrée scolaire d'enfer ! On est seulement quatre à la table pour le petit déjeuner : JeanLou, maman, papa et moi. Gabriel, lui, a déjà disparu. Je ne l'ai même pas entendu partir. Si j'allais à l'école secondaire, moi aussi j'aurais déguerpi de bonne heure. L'an prochain, ce sera mon tour !

C'est vrai, je savais que ça viendrait un jour. Même que je le savais depuis longtemps. J'aurais pu me faire à l'idée. Après tout, je ne suis pas la première à qui ça arrive. Mais non…

Quand le petit frère d'Annie est arrivé à notre école, il y a trois ans, pour entreprendre sa première année, mon amie n'en a pas fait un drame. Non, elle était plutôt contente. Fière même ! Tous les matins et tous les soirs, pendant de longs mois, elle l'a trimballé partout. Comme une bonne maman, elle l'a présenté à tout le monde. Encore aujourd'hui, elle ne fait pas semblant d'être une grande sœur. Elle aime ça pour de vrai ! Mais pour moi, Léa Marceau, ça se complique parce que… euh… mon frère n'a rien d'ordinaire.

— Léa, combien de rôties veux-tu ?

— Hein ? Euh… zéro. Juste un verre de jus.

Maman déteste qu'on saute le petit déjeuner. Mais il y a une boule qui occupe tout l'espace dans le fond de mon estomac. Pas de place pour une seule rôtie, ça c'est certain !

— Je vais manger en route. Une banane peut-être…

Comme à tous les repas, JeanLou est assis en face de moi. Il avale tout rond sa troisième rôtie au caramel fondant. Un vrai glouton ! Lui, c'est mon frère pas ordinaire. Avec ses cheveux blonds à grosses boucles et ses yeux presque turquoise, il ressemble à un ange. Mais détrompez-vous ! Ce n'est qu'une illusion…

Il suffirait que je touche à son verre de jus pour déclencher une tornade. Ça s'appelle : Pas touche ! C'est le verre de Monsieur ! Toujours placé de la même façon : Le Roi Lion face à lui. Je le regarde du coin de l'œil seulement. Je n'ose pas lui adresser la parole, au cas où ça le provoquerait. Pas de chance à prendre. Ce n'est vraiment pas le moment d'être emporté par une tempête. Ni pour lui ni pour moi !

À partir d'aujourd'hui, en plus de l'endurer à la maison, je devrai me le taper à l'école. Un vrai cauchemar ! L'école Arc-en-ciel ne sera plus jamais la même.

Les parents rêvaient de voir JeanLou intégré à l'école du quartier depuis si longtemps… il fallait bien que ça arrive un jour. Après de longues batailles, ils ont réussi à faire ouvrir une classe spéciale à l'Arc-en-ciel. Un professeur et une éducatrice pour six élèves. Chanceux les autistes, non ?

La vérité ? J'espérais que leur projet tombe à l'eau. J'aurais préféré que l'école reste un endroit juste pour moi. Mais je n'ai rien dit. Pour ne pas faire de peine aux parents. C'est tellement important pour eux. Il faut les voir depuis une semaine; ils ont du bonheur plein les yeux! Comme s'ils avaient gagné dix millions de dollars à la loterie. Au moins!

Qu'est-ce qu'elle fait, Annie, ce matin? Je l'attends sur le trottoir, depuis au moins dix minutes. Monsieur JeanLou, lui, debout près de la voiture, attend son chauffeur. Oui, papa le conduit à l'école pour sa première journée. Par la suite, un taxi-écolier le voyagera, matin et soir. Une chance! Sinon, j'aurais dû faire la grande sœur au grand cœur et le trimballer partout. Et ça non!

Comme d'habitude, les parents veulent tout savoir. Je parierais mes trois disques compacts que papa rentrera dans l'école pour visiter sa classe, rencontrer son prof, son éducatrice, ses nouveaux amis... Et puis quoi encore? Une visite guidée de son casier peut-être? C'est toujours la même chose... Pour Monsieur, ils font toute une cérémonie!

En attendant son chauffeur, Monsieur fait ses vocalises. J'ai horreur des sons aigus! Il va réveiller tout le quartier! Vite Annie, arrive! Que je saute sur ma bicyclette pour me sauver d'ici! Il me casse les oreilles!

Enfin! Annie tourne le coin de la rue en trombe. J'enfourche ma bicyclette et je la rejoins. Elle m'envoie un clin d'œil, comme pour me dire : « Ça va aller. » C'est la seule au monde à savoir que, même si j'ai l'air calme, ça bouillonne en dedans.

— Annie, promets-moi de ne rien dire aux autres.

— Juré craché! Si tu n'en parles pas, je n'en parle pas!

Je peux compter sur elle ! Annie, c'est une vraie meilleure amie. Elle n'a pas dit : « Voyons Léa, il n'est pas si pire que ça ! » ou « De toute façon, tout le monde va finir par le savoir que ton frère n'est pas normal. » Non. Elle connaît JeanLou. Avec Annie, pas de chichi ! Si j'avais une sœur, j'aimerais qu'elle soit exactement comme elle.

On arrive déjà dans la cour de l'école. La voiture grise de papa est garée de l'autre côté de la rue. Les voilà. Je suis prête à tout pour éviter Monsieur et son escorte. Oh non ! Papa me salue d'un signe de la main. Je regarde ailleurs. Je fais semblant de parler à Annie. N'importe quoi pour ne pas qu'on me voie avec eux... avec lui surtout. Ça marche ! Ils entrent dans l'école avant tout le monde.

Une classe avec des fenêtres, j'adore ! Annie et moi, on s'empresse de choisir notre place ; elle s'assoit à ma droite, moi, près des fenêtres. Notre prof se présente. Elle me semble gentille et je dirais même... farfelue. Son chat s'appelle Serpent ! Original, non ?

Maintenant, à tour de rôle, on doit aussi se présenter ; c'est le rituel de la rentrée ! J'espère seulement qu'elle ne nous demandera pas de parler de notre famille. Je déteste ! C'est déjà à mon tour. Je me nomme. Un animal ? Un passe-temps ? Oui, bien sûr ! Je parle de mon amour pour les livres. Elle en profite pour nous présenter le coin lecture. Dans sa bibliothèque, il y a des tonnes de livres. En plus des dictionnaires et des encyclopédies, il y a des romans-jeunesse, des livres de science-fiction et de fantastique, et des magazines aussi. Une vraie mine d'or ! Entassés dans un coin, des coussins de courtepointe qu'elle a confectionnés elle-même ! De vieux livres jaunis collés les uns aux autres servent de pattes à la table basse. Une bricoleuse en plus ! Elle ajoute : « Pour ceux qui désirent lire une fois leurs travaux terminés.» On va bien s'entendre, madame Louise et moi...

Il n'y a pas deux minutes que la cloche de la récréation a sonné que déjà, je le cherche partout. C'est plus fort que moi. L'air de rien, je me dirige vers le coin des sept-huit ans. Juste pour fouiner. Pas de JeanLou à l'horizon. Où est-il? Son prof l'a peut-être oublié dans les toilettes... ou il s'est sauvé dans la rue... ou pire, un grand de sixième le tient prisonnier dans un coin. Oh, non... J'avance encore un peu. Je passe aux rayons-X la cour d'école. Ça y est! Je crois bien que c'est lui! Il n'y a pas deux têtes blondes comme la sienne.

Il est seul, assis sur la dernière marche de l'escalier. Il balance son corps en avant en arrière comme s'il entendait une musique dans sa tête. Il s'amuse à entre-croiser et à démêler ses doigts: un de ses jeux préférés. Les autres élèves de la classe spéciale tournent autour de l'éducatrice comme des mouches; ils jouent avec un ballon et un foulard. La vérité? Je m'en fous pas mal de leur jeu! De ma cachette, j'entends l'éducatrice crier son nom à répétition, mais JeanLou, fidèle à lui-même, ne bouge pas d'un poil. C'est évident pourtant! Quoi? Elle ne sait pas qu'il faut aller le chercher!

J'y vais ou pas? Heureusement, les parents ne sont pas là pour voir ça. Si je leur raconte ce qui s'est passé, ils vont avoir de la peine ou pire, me reprocher de l'avoir laissé tout seul. Ça n'arrive qu'à moi ces affaires-là! Surtout pas à Gabriel! Pourtant, c'est lui le grand frère! Mais comme par magie, il n'est jamais là quand on a besoin de lui.

Je sais. Gab a horreur d'être vu avec JeanLou. Et je l'avoue, je n'en raffole pas non plus. On ne le déteste pas, notre petit frère, c'est juste que, des fois... pas mal souvent, il prend trop de place. Je le sens, cette fois-ci, il va gâcher mes récrés ! Ma sixième année s'annonce éternelle. Je donnerais n'importe quoi pour être au secondaire moi aussi ! Mais en attendant, qu'est-ce que je fais ?

Driiing ! Enfin ! Sauvée par la cloche. Je jette un dernier coup d'œil dans sa direction avant de rentrer. L'éducatrice le prend par la main. Il se lève sans broncher. Je vais pouvoir respirer et avoir la tête tranquille jusqu'au dîner.

Derrière moi, des élèves ricanent. Ils marmonnent. Je tends l'oreille.

— As-tu vu les débiles ?

— Je comprends pourquoi ils ont besoin d'une classe spéciale !

Ah non ! Ça commence. Je le savais… Léa, ne te retourne pas. La boule dans le fond de mon estomac prend de l'expansion. J'inspire, un, deux…

— Tu les as vus ? Ils ne sont même pas capables d'attraper un ballon !

— J'espère seulement qu'ils ne vont pas manger à la café avec nous.

Je le sens… mon cœur de sœur va exploser. Trop, c'est trop ! Ça ne se passera pas comme ça ! Je me retourne. Il n'y a plus personne. Ils l'ont échappé belle ! Je n'aurais pas pu retenir mes poings bien longtemps. Pif ! Paf ! Comme dans les bandes dessinées. Avec des étoiles en masse !

Léa, reste calme. Respire un bon coup. C'est ça… inspire, un, deux, trois et… expire, un, deux, trois…

Heureusement JeanLou ne comprend pas ces mots-là. Autrement, ils lui auraient brisé le cœur avec leurs méchancetés. Ce n'est pas juste ! Pourquoi lui ? Pourquoi faut-il que mon frère soit si bizarre? Pourquoi ça n'arrive qu'à moi ces affaires-là?

Ce soir, j'en parlerai à Gabriel. Lui, il saura peut-être quoi répondre à ces... ces... ces imbéciles-d'ignorants-de-sans-cervelle-là! Ils réagissent comme si JeanLou et sa bande étaient des monstres contagieux venus tout droit d'une autre planète! Ils n'ont rien compris. Ce ne sont pas des monstres! Pas des vrais en tout cas...

Des fois, je rêve d'un frère incognito; «JeanLou le garçon invisible» ou quelque chose du genre. Ou juste un JeanLou ordinaire. Ou un JeanLou comme le frère d'Annie. Oui! Lui, il a plein d'amis à la récré. En plus, il joue vraiment bien au soccer! Il faut voir tout le monde se bousculer pour s'asseoir à la même table que lui à la cafétéria. J'en prendrais bien volontiers une douzaine de frères comme lui! J'aimerais ça, moi, pouvoir me vanter d'être la sœur du gars le plus populaire de l'école Arc-en-ciel! Une fille a bien le droit de rêver, non?

S'il allait toujours à son école spéciale aussi, rien de cela ne m'arriverait... Maudite intégration! Si ça continue, c'est moi qui vais avoir besoin d'une classe spéciale!

Quelqu'un cogne à la porte de la classe. Monsieur Louis, mon prof de musique, entrouvre la porte. Il parle à voix basse avec quelqu'un que je ne vois pas. Qu'est-ce qui se passe? Oh non! Ça y est! Je savais que tôt ou tard ça m'arriverait. JeanLou a sûrement commencé son grabuge. Vite, je jette les yeux du côté d'Annie. Mon amie est ailleurs, plongée dans son cahier d'exercices. Je suis assise sur une fesse, prête à me lever au moindre signal. J'ai beau tendre l'oreille, je n'entends rien!

Il a peut-être frappé quelqu'un... il s'est peut-être blessé. L'éducatrice vient sûrement me chercher pour que j'aille le calmer. Tout le monde saura qu'il est mon frère.

Ils vont s'imaginer qu'on est une famille de bizarres. Je le sens, ça s'annonce pire que notre dernière sortie en famille, à la Ronde...

Cette fois-là, la catastrophe était survenue quand papa, maman, JeanLou et moi, on attendait en ligne depuis environ dix minutes pour faire un tour de manège, celui qui ressemble à une soucoupe volante qui tourne dans tous les sens jusqu'à nous étourdir. JeanLou pourrait passer la journée dans ce manège-là ! Mais pas dans la file d'attente ! Monsieur est allergique aux files d'attente !

Il avait commencé par crier jusqu'à vider tout l'air de ses poumons. Ensuite, il avait lancé par terre son jouet préféré. Son kaléidoscope s'était cassé en mille miettes. La seconde d'après, il poussait tout le monde. Ça s'appelait : Tassez-vous de là ! La vérité ? Quand l'ange blond est contrarié, il se métamorphose en petit démon.

Cette fois-là, heureusement, papa était avec nous. Il l'avait pris dans ses bras pour l'emmener plus loin. Trop, c'est trop ! Je n'osais même pas regarder les gens autour de nous. En dedans, ma boule grossissait de seconde en seconde. Mes genoux ramollissaient. J'aurais voulu fondre dans l'asphalte. Me mettre un sac sur la tête.

Gab, lui, nous attendait sur un banc. Il a horreur des manèges qui tournent. Il a tout observé à distance. Rien de nouveau, il s'en tire tout le temps !

— Psst ! Léa-la-lune !

C'est Annie. Qu'est-ce qui se passe ? La porte de la classe est refermée. Dans le fond de la classe, c'est la bousculade. Les autres élèves se rassemblent autour de monsieur Louis qui s'assoit au piano. C'était donc une fausse alerte... J'entends d'ici mon grand frère dire que je me suis encore énervée avec mes scénarios à la Hollywood. Vite, je rejoins les autres !

Enfin, il est presque midi. Aussitôt sortie de la classe, Annie me donne un de ses coups de coude complices.

— Léa, regarde ! C'est ta mère au bout du corridor !

— Chut ! Elle vient chercher JeanLou.

— Il ne reste pas toute la journée ?

— Non, juste le matin pour commencer…

À la cafétéria, mon amie s'assoit en face de moi. Elle n'a pas encore déballé son sandwich que le mien est avalé en deux bouchées. Mes carottes suivent de près. D'un trait, j'enfile un verre de jus de raisin. Annie me regarde avec deux points d'interrogation à la place des yeux.

— Qu'est-ce qui te prend ? Tu as l'air affamée !

— Tu parles ! J'ai un grand trou dans l'estomac… comme si ma mère était repartie avec ma boule en plus de JeanLou.

— Je ne comprends rien à ta boule ! Explique-moi donc une fois pour toutes !

— C'est une boule de… de… je ne sais pas. Elle vient et elle part. C'est ici… là, tu vois ?

Annie tâte son ventre pour essayer de trouver sa boule. Pas étonnant qu'elle ne sente rien… ça n'arrive qu'à moi ces affaires-là !

Ma meilleure amie au monde et moi, on est survoltées de se retrouver dans la même classe ! Pour une deuxième année de suite ! En plus d'échanger des clins d'œil et des sourires complices, on fera nos devoirs ensemble ; une journée chez elle, le lendemain chez moi si, et seulement si, JeanLou passe une bonne journée. Sinon, on retournera chez elle. Pas facile de travailler la tête tranquille quand ton frère est en pleine crise…

L'an dernier, un soir où Annie était à la maison, Monsieur a failli démolir sa chambre. Une désorganisation monstre ! Ses voitures miniatures volaient partout. Il cognait sa tête sur la base de son lit. Ayoye ! Qu'est-ce qui a déclenché la crise ? Bof, presque rien…

Souvent, les parents pensent qu'on le fait exprès. Je l'avoue, ils ont raison une fois sur trois. Cette fois-là, j'avais seulement fait clignoter la lumière de sa chambre. À deux ou trois reprises. Pas plus. Ben quoi ? C'était pour rire ! Juste pour s'amuser. Annie et son frère se taquinent tout le temps. Pourquoi pas nous, hein ? Il n'y a pas de raison de paniquer. Mais avec JeanLou, rien n'est jamais ordinaire.

J'arrive de l'école. Vite, ça urge ! Je dois absolument parler à mon grand frère. Tiens, ça sent bon la sauce à spaghetti dans la cuisine. Si je ne me trompe pas, on se prépare à fêter quelque chose… Les pâtes, JeanLou en raffole.

Où est Gab ? Je parie qu'il est encore enfermé dans sa chambre. Je cogne à sa porte. Pas de réponse. Il a peut-être son baladeur sur les oreilles. Je frappe trois bons coups.

— C'est qui ?

— Moi !

La porte s'ouvre. Il retourne s'asseoir devant l'écran de son ordinateur. Des tas de livres sont empilés sur sa table de travail. Été comme hiver, des encyclopédies et des manuels scientifiques sont grand ouverts sur son lit ou éparpillés par terre. Un vrai bordel !

— Qu'est-ce que tu fais ? Tu as déjà des travaux ?

Il hoche la tête pour dire oui. Son regard reste rivé à l'écran.

— On a un problème...

Il ne se retourne même pas.

— C'est que euh... à la récré, personne ne s'est occupé de JeanLou.

Toujours rien. S'il ne réagit pas bientôt, je sens que je vais exploser.

— Des imbéciles-d'ignorants-de-sans-cervelle ont même ri de lui. Si je ne m'étais pas retenue, je crois que...

Il tourne sa chaise vers moi. Ça y est ! J'ai enfin capté son attention. J'en profite pour tout lui raconter dans les plus petits détails. Il m'écoute sans broncher. Puis...

— Du calme ! Les nerfs... Je t'ai déjà dit de respirer par le nez.

— Respirer ! Respirer ! Facile à dire ! Tu n'es jamais là quand on a besoin de toi ! Ce n'est pas juste ! JeanLou, c'est ton frère à toi aussi !

Il croise les bras sur sa poitrine.

— Eh là, un instant ! J'ai mes raisons ! Je ne peux pas tout faire...

— Moi, j'en ai assez des fantômes comme toi !

Vlan ! Ça fait du bruit une porte qu'on claque derrière soi !

Au souper, le fantôme est le dernier à s'asseoir à la table. Les parents félicitent JeanLou pour sa première journée à l'école. Il fallait s'y attendre. Papa porte un toast en son honneur. Tout le monde lève son verre. JeanLou aussi. Comme d'habitude, Monsieur avale son lait d'un seul trait sans même jeter un regard dans ma direction. Comme si je n'existais pas. Gab retourne vite à son assiette.

À ce que je sache, c'était la rentrée pour moi aussi ! Mais rien. Pas un mot à ce sujet ! Ben quoi ? Non, ce n'est pas de la jalousie ! C'est juste que, des fois, j'aimerais que la cérémonie soit pour moi. Ici, c'est toujours la même histoire. Bon ou mauvais, peu importe ce qu'il fait, Monsieur monopolise à tous coups l'attention. JeanLou par ci, JeanLou par là. Et patati ! Et patata !

N'allez pas croire que je ne veux pas fêter ça ! Au contraire ! Je suis contente pour lui. À neuf ans, JeanLou a finalement sa place dans une « vraie » école. D'accord, dans une classe spéciale ; mais c'est quand même important pour lui !

Il serait difficile de ne pas remarquer toute la fierté du monde dans les yeux des parents. J'imagine que c'est correct s'ils mettent le paquet pour JeanLou et un peu moins pour nous. Tout le monde sait bien que Gab et moi, on ne cause pas de problèmes. On réussit bien à l'école. Très bien même !

— Dites donc vous deux, qu'est-ce qui se passe ? Vous avez l'air bien sérieux ce soir.

Gab hausse les épaules, marmonne :

— Rien de spécial…

Il m'énerve ! Comme d'habitude, pour lui, il n'y a pas de problème. Franchement, je n'aurais pu tomber plus mal. Deux frères : un petit monstre et un fantôme.

— Léa, toi, ça va ?

Ah non! Ce n'est pas le moment de leur parler de ces imbéciles-d'ignorants-de-sans-cervelle. Primo, ça pourrait leur faire de la peine et secundo, je ne veux pas gâcher la cérémonie.

— Bof, une journée ordinaire...

Les parents en ont déjà plein les bras. Un JeanLou dans une famille, c'est bien assez. Pas question d'en rajouter avec mes problèmes. Facile à comprendre, non?

Ça fait au moins deux heures que je suis couchée et je n'arrive toujours pas à m'endormir! Comment veux-tu dormir quand Monsieur se frappe contre le mur? Il recommence son manège presque à tous les soirs. Il se berce de droite à gauche. À chaque fois son genou ou son bras ou sa tête, alouette, cognent sur le mur vis-à-vis de mon lit. Ce soir, j'ai tout essayé; l'oreiller sur ma tête, le baladeur, les bouchons... Rien à faire.

Tiens, le fantôme vient de pousser doucement la porte de ma chambre. Qu'est-ce qu'il me veut?

— Léa, dors-tu?

Il s'assoit au bout de mon lit, pose sa main sur ma jambe. Il répète à voix basse: «Léa, dors-tu?»

— Non, je respire par le nez!

— Continue de respirer, j'ai des choses à te dire... Écoute, si tu crois vraiment que JeanLou a des problèmes à l'école, c'est aux parents qu'il faut en parler. Je veux bien te donner des trucs de temps en temps, aider JeanLou à s'habiller tous les matins, faire le gardien tous les mercredis soirs quand les parents jouent aux quilles... Mais je ne peux pas tout faire! Et la vérité? Il n'y a pas que JeanLou dans ma vie! Il y a les Expo-sciences, le journal du Club Buzz à rédiger, les midis-scientifiques de l'école à organiser... Tu sais à quel point c'est important pour moi ! Je veux participer aux concours et gagner des prix, plein de prix !

Je ne vois plus rien. Je n'entends plus rien. Je ne sais plus rien.

— Je... sens... toute seule...

— Ben voyons Léa ! Tu n'es pas...

— J'AI DIT... JE ME SENS... TOUTE SEULE !

Gab me tend une poignée de mouchoirs. Il soupire.

— O.K. ça va, j'ai compris. Arrête de pleurer, tu veux ?

Mon amie Annie aurait compris tout de suite, elle ! Je mouille le cinquième mouchoir. Et les larmes coulent toujours.

— Et si je te proposais d'aller en parler aux parents avec toi... Qu'est-ce que tu en dirais ?

— Pour leur parler... de quoi, hein ? Que personne ne s'occupe de JeanLou... que des élèves rient de lui. Qu'il va gâcher ma sixième année. Ça va leur crever le cœur, non ?

— Je n'en sais rien. Ou bien tu restes seule avec ton problème ou tu choisis d'en parler. À quatre, on trouvera peut-être une solution. Et le plus vite sera le mieux ! Penses-y...

Il se lève doucement, se dirige vers la porte.

— Tu vas rester à côté de moi, pour vrai ?

— Promis ! Bonne nuit, petite sœur.

Il disparaît dans la noirceur du corridor. Du côté de JeanLou, le silence a remplacé le tapage. Je tire les couvertures, ferme les yeux. Demain, j'en parlerai aux parents.

À ton tour Gab!

J'ai beau chercher partout, je ne le trouve pas. Un livre d'électronique, ça ne disparaît pas comme ça! Je suis pourtant persuadé de l'avoir glissé dans mon sac à dos avant de quitter le local du Club Buzz. Ces temps-ci, j'ai la tête ailleurs. Depuis que j'ai appris qu'Étienne et moi, on va participer à la finale régionale d'Expo-sciences, je ne tiens plus en place. Imaginez un peu! Six projets seulement sont choisis parmi deux cents concurrents de l'école, et le nôtre a été sélectionné!

Vlan! Ça, c'est la porte d'entrée qui vient de s'écraser contre son cadre. Léa-tonnerre a sûrement passé une mauvaise journée... J'entends ses pas. La porte de ma chambre s'ouvre à la volée. Elle laisse tomber son sac d'école par terre, s'élance sur mon lit. La tête enfouie au creux de ses mains, elle pousse un long soupir.

— Je ne comprends pas, Gab! Qu'est-ce que j'ai? Je ne suis pas comme les autres...

— On ne dit plus bonjour à son grand frère?

— Bonjour! Les histoires de maladies me chavirent par en dedans! Dis-moi, je suis trop sensible ou quoi?

Bon, qu'est-ce qui se passe encore ? C'est vrai qu'elle a un grand cœur... mais elle est aussi du genre à s'inventer des scénarios dignes d'Hollywood.

— Respire un bon coup et raconte-moi.

Dans un seul souffle, elle m'apprend qu'aujourd'hui avec madame Louise, ils ont décortiqué une histoire ; les personnages, la quête du héros, les thèmes... Et où est le problème ? La grand-mère de l'histoire est gravement malade... Bon, et alors ?

— Elle va mourir. Et personne ne veut garder ses deux chats, Friponne et Grisou, sa chienne Barbette et sa perruche Capucine. C'est dramatique !

— Eh Léa-Hollywood, c'est juste une histoire !

— Mais si c'était vrai... Imagine-toi ! Sérieusement, qu'est-ce que tu ferais si une chose pareille nous arrivait ?

Je hausse les épaules. On n'a ni chien, ni chat, ni perruche... Où veut-elle en venir, cette fois ?

— Pour moi, c'est clair ! Je les adopterais tous, sans la moindre hésitation !

Léa se frotte le ventre. Je la connais, c'est la boule dans son estomac qui la tourmente. Tout ça pour une histoire de grand-mère. Elle continue sur sa lancée.

— J'ai tout de suite pensé à JeanLou...

Tiens, tiens. Le chat sort du sac. Je commence à comprendre...

— C'est simple. Les animaux, on peut les amener à la SPCA pour qu'ils soient adoptés, mais si nos parents mouraient dans un accident, demain... Qu'est-ce qui nous arriverait à nous, hein ? À JeanLou surtout ?

— Les parents ne mourront pas demain ! Arrête ça tout de suite !

J'ai assez perdu de temps avec ses terribles scénarios ! Je dois me mettre au travail si je veux terminer la rédaction de ma chronique pour le journal Buzz, ce soir.

Léa se laisse tomber sur le dos, les bras ouverts en croix. Allongée sur mon lit, ses yeux fixés au plafond, elle ajoute :

— J'ai pensé qu'on pourrait toujours vivre ensemble ; JeanLou, toi et moi. Comme ça, il ne serait pas abandonné.

— Ça suffit Léa, lâche-moi ! Prendre soin de lui toute ma vie... Non merci ! Il n'en est pas question ! J'ai d'autres projets, moi !

J'ouvre la porte de ma chambre et lui montre la sortie.

— Tu n'as pas de devoirs à faire, toi ? Aurais-tu oublié notre rencontre au sommet avec les parents, à vingt et une heures ?

L'avenir de JeanLou, je préfère ne pas y penser. Bon, j'aurais pu dire à Léa de ne pas s'en faire, mais... c'est vrai, il faudra bien que quelqu'un prenne la relève des parents, un jour. Qui voudrait adopter un JeanLou ? À part Léa-au-grand-cœur ? Elle et moi, on est deux débrouillards, c'est vrai ! À douze et quatorze ans, on pourrait s'organiser seuls sans trop de problèmes. Mais pour JeanLou, c'est une autre histoire ! Il ne pourra jamais vivre seul en appartement. Même adulte, il aura toujours besoin d'aide !

Pourquoi faut-il toujours quelqu'un collé à ses fesses ? Pour l'aider et le surveiller aussi ! J'ai eu ma leçon il y a longtemps, la dernière fois où je l'ai amené au parc.

Comme toujours, je lui tenais la main. Les parents me faisaient confiance. Mais sans m'avertir, d'un coup sec, il a libéré sa main de la mienne et a traversé la rue Garnier en courant. JeanLou s'était transformé en fusée. Une fusée supersonique ! L'arrosoir, sur le parterre de monsieur Fauchon, l'avait hypnotisé. J'aurais voulu crier ou le rattraper, mais j'ai figé. Puis il y a eu ce bruit d'enfer. Une voiture rouge a freiné derrière lui. Pas besoin de vous dire que mon cœur s'est arrêté.

Mais le danger, JeanLou, il s'en moque. Quand je l'ai rejoint sous l'arrosoir, il était déjà tout mouillé. Monsieur Fauchon riait. Moi, j'avais plutôt envie de hurler tellement j'étais fâché... tellement j'avais eu peur. Je lui ai poliment demandé de fermer l'eau puis on est repartis.

Quand j'y repense, je préfère en rire que d'imaginer le pire. Mais c'est fini ! Je ne sors plus seul avec lui ! D'ailleurs, Léa-mère-poule réussit beaucoup mieux que moi. Je suis persuadé qu'elle le surveille encore du coin de l'œil pendant les récrés. De temps à autre, je lui donne des trucs. Comme pour faire le radar. Bip ! Bip ! Bip ! Elle doit repérer les dangers avant JeanLou, sinon... catastrophe ! Quand notre petit frère a un dada, c'est du sérieux !

— Eh ! Gabriel ! Léa ! Venez m'aider !

Les cris de maman proviennent de la salle de bains. Ça y est ! L'ouragan El JeanLou a encore fait ses ravages ! Sans blague, il peut faire des vagues hautes de deux mètres dans son bain. Quand j'arrive, il y en a partout ! L'eau dégouline même du plafond, le rouleau de papier de toilette est complètement imbibé... Pendant que maman, toute trempée, tente de le sortir du bain, Léa et moi attrapons les serviettes pour éponger le déluge.

Qu'est-ce que je vous disais ? Pas question de le laisser seul trop longtemps !

Je ne connais personne qui partage sa folie de l'eau. En d'autres temps, maman le surnomme son poisson d'amour. Léa dit qu'il ressemble à une baleine dans un verre d'eau. Et franchement, je suis plutôt d'accord avec elle.

D'ailleurs, c'est peut-être Léa qui a raison : personne ne le connaît aussi bien que nous. Qui d'autre pourrait l'endurer ? Le comprendre ? Même moi, son propre frère, je n'en suis pas toujours capable. Au moins six fois par jour, il me tape sur les nerfs ! Il prend tellement de place ! Dans ces moments-là, je le jetterais dans un sac de poubelle vert ! Alors, qui d'autre pourrait l'aimer ? S'en occuper ? Qui d'autre que nous ?

Il est vingt et une heures pile à ma montre. Il ne reste qu'à signer au bas de ma chronique. Voilà ! Juste à temps pour la réunion familiale.

Léa est déjà bien enfoncée dans le fauteuil de velours vert. Je me glisse par terre sur un coussin. Confortablement adossé au mur, les bras et les jambes croisés, j'attends. Habituellement, quand les parents nous convoquent, c'est sérieux : un nouveau traitement pour JeanLou, son intégration à l'école du quartier ou quelque chose dans le genre. En plus, ce soir, ils ont préféré attendre que notre petit frère se soit endormi. Léa se tortille comme un ver de terre. Le suspense la fait mourir. Enfin, papa arrive les bras chargés de documents. Qu'est-ce qui se passe ? Il jette d'abord un coup d'œil vers maman et prend la parole.

— On a une surprise pour vous deux.

Une surprise ? Pour nous deux ? Ben voyons donc…

— On y pensait depuis longtemps… et on s'est enfin décidés.

Une décision ? Oh, oh…

— Nous allons prendre de petites vacances à quatre !
Nous avons réservé une grande chambre dans une auberge
du Vieux-Québec pour la fin de semaine de la Saint-Jean-
Baptiste ! On pourra faire les activités de votre choix.

Hein ? Quoi ? Des vacances à quatre ! Ils ne croient
quand même pas que je vais avaler leur histoire aussi
facilement. Ce ne serait pas la première fois qu'un projet
comme celui-là tombe à l'eau. C'est évident, les parents
s'attendent à ce qu'on saute de joie, mais rien ne bouge.

Puis au milieu du silence, Léa s'emballe :

— Et JeanLou, lui ? Qui va…

Maman l'interrompt :

— Ne t'inquiète pas. Tu te rappelles de la famille Girard ?
Ils offrent du répit à d'autres familles comme nous. Et
bien, ils ont accepté de le garder chez eux du samedi
matin au lundi soir. Exactement ce qu'il nous faut : une
famille bien spéciale pour prendre soin de notre JeanLou.

Léa n'en finit plus de gigoter dans son fauteuil. Son
visage est rouge comme un pétard. Je soupçonne qu'elle
va exploser d'ici quelques secon…

— Quoi ? Une famille BIEN SPÉCIALE ? Mais, il en a
déjà une, FAMILLE ! Pourquoi une deuxième ? Je ne vous
comprends plus ! Et pourquoi on ne l'amène pas avec nous
à Québec, hein ?

Ah non, par exemple ! Pas ça ! Là, elle exagère ! Bon, je
ne suis pas fou de l'idée de le laisser chez les Girard, mais
si le projet devait se réaliser pour une fois… juste pour
une fin de semaine… il n'en mourrait pas, quand même !

— Léa, ma chérie…

— Ce n'est pas juste ! Et si un accident lui arrivait pendant qu'on s'amuse là-bas, hein ? Y avez-vous pensé ?

— Oui, on y a réfléchi longtemps. Et ton père et moi, on y tient à ce voyage. Depuis le temps que vous rêviez d'aller à Québec... un peu de répit fera du bien à tout le monde ! À JeanLou aussi ! Et puis, on pourra téléphoner de temps en temps... prendre de ses nouvelles.

Léa regarde les parents l'air de dire : « Qu'est-ce qui vous prend tout à coup ? Vous êtes tombés sur la tête ou quoi ? » C'est vrai qu'ils n'ont jamais fait garder Jeanlou avant, et aujourd'hui hop ! Changement de cap ! J'avoue que leur volte-face est difficile à croire. Maman continue :

— Samedi prochain, nous irons visiter les Girard. Vous verrez ! Ils sont très gentils. Et la Saint-Jean, ce n'est que dans trois mois. D'ici là, au fil des visites, JeanLou apprendra à les connaître, à se familiariser avec les lieux, sa chambre...

Sa chambre ! Il ne faudrait pas exagérer, quand même !

Papa se fait un malin plaisir d'étaler tout plein de guides touristiques par terre. Si seulement je pouvais être certain que, cette fois-ci, ce sera la bonne... que rien ne viendra saboter le projet... que JeanLou ne tombera pas malade la veille de notre départ... que les Girard ne changeront pas d'idée ou que la ville de Québec ne se volatilisera pas. C'est trop beau pour être vrai... J'y croirai, une fois rendu là-bas ! Pas avant !

En extase devant les dépliants, Léa ressemble à un enfant de quatre ans sur les genoux du Père Noël. La voilà qui se laisse convaincre. Décidément, elle est vraiment capable des pires et des meilleurs scénarios !

— Wow ! Le Village des sports de Valcartier. Regarde Gab, les glissades d'eau ! Sans JeanLou, on pourrait essayer le rafting ! Du vélo de montagne ! De l'équitation... Mieux

jeune homme ! » Je ne m'y attendais pas du tout. Ça me fait chaud au cœur comme ça ne se peut pas. J'inspire un bon coup. Je suis tellement content !

Arrivés sur la scène, le directeur et les membres des autres équipes gagnantes nous félicitent à leur tour. C'est magique ! Jamais je n'oublierai ce moment...

— Eh ! Gabriel, où sont tes parents ? J'aimerais les rencontrer...

Lui, c'est Richard, le professeur bénévole au Club Buzz. Dans nos moments de découragement, quand plus rien ne semblait fonctionner, il était toujours là pour nous dire : « Allez-y les gars ! Je sais que vous êtes capables ! » Sans lui, Étienne et moi, on n'y serait probablement pas arrivés.

— Mes parents ? Ils ne sont pas venus. Une autre fois peut-être...

Richard a l'air surpris, mais il n'insiste pas. Qu'est-ce qu'il croit ? Bien sûr que j'aurais aimé que mes parents soient là, qu'ils me voient monter sur scène.

Un jour, je le jure, ils seront fiers de moi ! Je vais remporter une foule de prix, les miens en plus de tous ceux que JeanLou ne gagnera jamais...

* * *

Aujourd'hui, c'est le jour G. G pour visite chez les Girard. Léa est un véritable paquet de nerfs. Elle ouvre la porte du frigo pour la sixième fois depuis dix minutes pour finalement ne rien y prendre. Les parents tiennent à ce que tout le monde rencontre la famille d'accueil. Alors, pas la peine d'essayer de me défiler. À cinq jours seulement de la finale régionale, j'aurais pourtant eu des tonnes de choses à faire. En attendant l'heure du départ, je retourne à l'ordinateur.

Douze messages électroniques ! Une semaine s'est écoulée depuis la remise des prix et je reçois encore des félicitations ! Tiens ! Un message provenant du Club Buzz. *Avis aux mordus des sciences et de l'informatique ! Cet été, le Musée de la civilisation de Québec présente une exposition spéciale. Le titre : L'informatique, d'hier à aujourd'hui. À voir absolument ! Richard.*

Si le voyage devait se réaliser et que je devais choisir une seule activité au programme, ce serait celle-là ! Imaginez un peu : un après-midi au musée ! Sans avoir à surveiller JeanLou, contenter ses caprices ou quitter en catastrophe parce qu'il fait des siennes. Aller où on veut ! Prendre tout notre temps !

Juste pour une fin de semaine, faire comme les familles ordinaires… Dormir dans une auberge, faire la grasse matinée. La sainte paix ! Et pour la première fois de ma vie, manger dans un restaurant sans attirer les regards de curiosité ou pire, de pitié. Avec JeanLou, vaut toujours mieux choisir le service rapide.

Assez rêvé Gabriel Marceau ! Pas question que je mette de l'énergie à planifier un voyage qui, de toute façon, n'arrivera pas. Ça suffit ! J'éteins l'ordinateur. Je glisse le dernier exemplaire du Journal Buzz dans mon sac à dos. Juste au cas où je m'ennuierais à mourir chez les Girard.

Avant de descendre de l'auto, Léa-mère-poule caresse les cheveux de JeanLou. Maman et elle le prennent par la main.

Les rideaux bougent dans la grande fenêtre. Deux petits visages apparaissent. Nous sommes observés. Une grande femme ouvre la porte avant même qu'on sonne. On est bel et bien attendus ! Les enfants sont restés cachés, entortillés dans les rideaux.

— Audrey, Simon, venez voir ! JeanLou est arrivé !

Lui, c'est monsieur Girard, je suppose. Il déroule les rideaux et en fait sortir le garçon, puis la fille. Ils sont plutôt rigolos. Je me demande s'ils sont autistes, eux aussi. Mon frère, lui, ne les a même pas remarqués. Faut dire que les rencontres, ce n'est pas son fort. Il est plutôt obnubilé par les dessins au plafond que font les pales du ventilateur avec les rayons du soleil. Un vrai kaléidoscope, son jouet préféré.

La maison est immense. Au deuxième étage seulement, je compte six chambres aux couleurs différentes ! Certaines ont deux lits, d'autres un seul. Ils accueillent jusqu'à quatre jeunes par fin de semaine. En plus des deux enfants qu'ils ont en permanence en famille d'accueil. Faut le faire, quand même ! Moi, j'ai du mal à en tolérer un seul…

Au cours de la visite, Hélène, madame Girard, montre sa chambre à JeanLou. Il s'élance sur le lit. Plutôt rapide comme adaptation ! Il aurait pu manifester un peu plus de résistance, non ?

Il se roule sur le lit jusqu'à la commode. Il s'empare d'une de ces boules de verre remplies d'eau qu'on agite pour faire remonter des cristaux à la surface. Dans celle-ci, on dirait de la neige. Il la renverse encore et encore. Ça c'est un JeanLou heureux !

* * *

Je suis brûlé. Vidé. Deux jours passés derrière un stand d'exposition pour la finale régionale, c'est extraordinaire, mais épuisant ! Je rentre sans détour à la maison, direction : mon lit !

Sur mon lit, un feuillet touristique de la ville de Québec, gracieuseté de Léa-rêveuse-en-couleur. Je le lance sur la pile de documents qu'elle s'obstine à me refiler depuis l'annonce des parents. Elle ne lâche pas ! Je la connais. Elle aimerait que je me joigne à elle pour planifier le voyage. Je l'ai bien avertie : « Surtout ne viens pas pleurer sur mon épaule quand ça va tomber à l'eau ! »

En fermant les yeux, je nous revois, mon coéquipier et moi, derrière notre kiosque. On a fait et refait notre démonstration des centaines de fois. Les questions fusaient de toutes parts. C'était grisant ! On a rencontré d'autres jeunes inventeurs et même des gagnants des années précédentes devenus chercheurs. Je me sens important juste d'y avoir participé.

Bon, on n'a pas été sélectionnés pour la finale provinciale, mais ce n'est que partie remise. J'entends encore Richard nous dire : « Je suis fier de vous, les gars ! Ce n'est qu'un début ! » Il n'y a pas doute ! Il croit en nous ! Étienne et moi, on a déjà un tas d'idées pour l'an prochain...

* * *

Jusqu'à la dernière minute, je suis resté sceptique. Toutes les expériences manquées dans le passé semblaient pointer vers l'échec de ce projet farfelu. Mais cette fois-ci, je dois admettre que mon esprit scientifique m'a joué un tour. Je suis heureux de conclure : on est bel et bien à Québec ! Pour de vraies vacances à quatre !

On vient de passer quatre heures inoubliables au Musée de la civilisation. Dès le retour à l'auberge, les parents ont pris un air complice. Ils se font un malin plaisir à entretenir le mystère sur le restaurant qu'ils ont choisi pour nous. Mon père ajuste sa cravate et enfile un veston. Qu'est-ce qu'ils mijotent ?

— Gabriel, as-tu un veston dans tes valises ?

Il me niaise ou quoi ?

— Pas de problème mon grand ! J'en ai un pour toi !

Il sort un deuxième veston de son sac. Et une cravate. Il est sérieux !

Magnifique ! Grandiose ! Luxueux comme ça ne se fait plus ! Avec JeanLou, croyez-moi, on ne serait même jamais entrés dans le hall du Château Frontenac. Et ce soir, on mange dans la grande salle à manger ! Pour une surprise, c'en est toute une ! C'est la première fois de ma vie que j'entre dans un restaurant en famille sans me faire remarquer. Incroyable, non ? Personne ne se retourne sur notre passage. Personne !

Les parents sont excités, ça se voit ! C'est une première pour eux aussi ! Léa s'exclame devant les serveurs habillés de costumes d'époque. Même un harpiste ajoute à l'ambiance. On se croirait transportés dans le temps.

J'ai faim ! Je plonge mon nez dans le menu. Un menu gastronomique !

Pour moi, ce sera l'assiette de fruits de mer : des langoustines, des pétoncles et des crevettes. Juste à y penser, j'en ai l'eau à la bouche ! Léa choisit le canard à l'orange. Elle a promis de me laisser y goûter.

Au moment où le serveur s'éloigne avec notre commande, papa se tourne vers moi.

— Dis donc Gabriel, qui est le jeune homme qui t'a abordé au musée ?

Le serveur revient avec de l'eau. J'en cale un plein verre. Il le remplit de nouveau.

— Olivier Dallaire, il a remporté le premier prix à la Super Expo-sciences provinciale en avril dernier. Ce gars-là est un cerveau sur deux pattes ! Il vient de terminer son secondaire V et déjà une multinationale lui court après.

— Bientôt, ce sera au tour de Gab !

Quand même, Léa ! Je lui administre un coup de pied sous la table.

— Aïe ! Quoi ? Il n'y a pas de honte à être un génie ! À vouloir devenir inventeur !

Les parents sourient, incrédules. Papa enchaîne :

— Il avait l'air de bien te connaître... Il fréquente ton école, cet Olivier ?

— Non, non ! On s'est rencontrés aux Expo-sciences. Mais le plus fantastique dans tout ça, c'est qu'il m'a proposé de collaborer à son nouveau projet. On a échangé nos adresses électroniques... C'est génial !

— Gab a participé à la finale régionale, lui ! Allez, raconte !

Les parents se jettent un regard étonné. Cette fois, ils restent bouche bée, me regardent l'air de dire : « C'est qui ce gars-là ? » J'en ai peut-être déjà trop dit, non ?

— La finale régionale ? demande maman. Ton père et moi, on savait que tu pratiquais toutes sortes d'activités parascolaires, mais là, on veut tout savoir !

Ils ont vraiment l'air intéressé. Léa a le sourire fendu jusqu'aux oreilles.

— Qu'est-ce que tu attends ? C'est à ton tour, Gab !

Chacun dans ses souliers

Quel vacarme! Les portes de métal claquent sur les casiers. Le vendredi, c'est pire que tous les autres jours de la semaine réunis. Et encore pire quand le printemps se montre le bout du nez. On ne pense qu'à décamper... sortir dehors, loin des murs de béton de la polyvalente.

— Eh Max! J'ai enfin reçu ma nouvelle guitare... Tu viens chez moi?

— Attends-moi! J'arrive!

Lui, c'est David, mon nouvel ami. En janvier dernier, sa famille a emménagé à deux maisons de chez moi. Son père est musicien. Et lui aussi! Je lui ai fait promettre de me montrer sa nouvelle guitare. C'est un gars de parole!

J'ai des papillons dans le ventre comme quand mon père m'amène avec lui au Festival de jazz. Une sortie juste pour nous deux! Pour la première fois de ma vie, j'ai un ami fou de musique. Moi, j'en rêve, lui, il en joue pour vrai!

Aussitôt arrivés chez lui, David m'entraîne dans sa chambre et ferme la porte derrière nous. Dans un coin, à demi-caché sous un tas de vêtements, j'aperçois le manche d'une guitare qui dépasse. Drôle de place pour ranger un instrument de musique ! Moi, si j'en avais une, je la déposerais avec précaution sur ma commode. À quatre pattes par terre, il glisse son bras en dessous de son lit. Il en sort un étui rigide, noir, tout égratigné. D'un geste rapide, il soulève les trois fermoirs de métal argenté.

— J'en rêvais depuis si longtemps ! Cette guitare-là, je vais la garder toute ma vie ! J'ai économisé pendant au moins deux ans pour me l'acheter. Je suis le gars le plus heureux de la planète !

Je le comprends. Un vrai bijou ! Une caisse de résonance dorée, un long manche et six cordes bien tendues. Mon ami musicien s'installe sur le tabouret, la guitare sur ses genoux. Le chanceux ! Qu'est-ce que je donnerais pour en avoir une ? Pour savoir en jouer ? De sa main gauche, il tient le manche. Ses doigts se posent sur les cordes. Au même moment, de la main droite, il gratte les cordes. Il répète les trois mêmes accords, dans l'ordre ou dans le désordre. C'est magique. Ça a l'air tellement facile. Ce gars-là, il joue comme un pro !

— Ne reste pas là à me regarder ! Tiens ! Prends ma vieille guitare…

— Quoi ?

Ben voyons ! Prendre sa vieille guitare… Pour faire quoi ? M'asseoir dessus peut-être ? Je ne sais même pas jouer !

David la tire de sous la pile de linge sale. Il me la tend. J'essuie mes mains moites sur mon jeans. Il insiste. Je serais fou de laisser passer une chance pareille. Je saisis la guitare par son manche écorché. C'est évident, la vieille guitare en a vu d'autres avant moi.

— Place ton index sur la deuxième corde, comme ça…

Je dois avoir l'air tout croche. Mes doigts s'énervent sur les cordes. J'ai beau avoir fait semblant de jouer des milliers de fois devant mon miroir, je n'arrive pas à avoir l'air aussi relax que David. Ouvrez les fenêtres quelqu'un ! On crève ici dedans !

Aïe ! Le bout de mes doigts brûle. David rigole de me voir grimacer.

— C'est normal au début…

Ouais ! Facile à dire pour quelqu'un qui a de la corne à la place des doigts ! Je m'efforce d'imiter mon professeur. Je l'ai presque… Je travaille fort, mais ça sonne toujours mieux de son côté ! C'est drôlement plus d'ouvrage que je croyais…

— Tu l'as ! C'est ça !

C'est extraordinaire ! Je viens de plaquer mon premier accord ! Moi, Maxime Durand, guitariste…

Tiens, l'autobus scolaire de mon frère Antoine tourne le coin. J'arrive juste à temps. Comme d'habitude, il est assis sur le premier banc. Pour tout voir, tout savoir. Dès qu'il m'aperçoit, il commence à gesticuler. À ce rythme-là, s'il parlait, il serait à bout de souffle ! Quand il plie son avant-bras gauche à l'horizontale près de son corps et qu'il dessine des cercles sur son coude avec la paume de sa main droite, ça veut dire : campagne.

Ben oui. Évidemment, nos parents sont d'accord. Antoine et moi irons dans un camp de vacances pour une troisième année d'affilée. Pour deux semaines au moins. Mon frère ne pense plus qu'à ça ! Lui, quand il a une idée dans la tête…

Antoine, c'est un accro de la bougeotte ! Amenez-en des activités ! Même s'il n'est pas très athlétique, il participe à tout. À tout ce que je fais surtout !

Les camps de vacances ? Moi, je m'en passerais facilement si Antoine n'y tenait pas tant. Mais c'est naturel que j'y aille avec lui. Il ferait la même chose pour moi. J'en suis certain ! À part les jours d'école, mon frère jumeau et moi, on est toujours ensemble. Comme une paire de souliers de course.

Le seul hic ? Mon frère n'a peut-être pas l'air différent, mais il l'est. Il arrive à dissimuler ses appareils auditifs sous ses cheveux longs. Mais du moment qu'il commence à parler par signes et qu'il pousse des sons étranges, tout le monde devine que quelque chose ne va pas. Pour la plupart des gens, c'est du chinois. Non, mon frère n'est pas fou, il est sourd profond. Malheureusement pour lui, ses appareils auditifs ne règlent pas tout. Sans moi comme interprète, il est complètement perdu.

— Maxime, c'est l'heure de souper. Dis à ton frère de monter, s'il te plaît.

C'est la voix de ma mère. Et moi, j'ai le nom le plus populaire par ici : « Maxime, va chercher ton frère », « Maxime, qu'est-ce que vous faites ? » ou « Maxime, dis à ton frère de faire ci ou de faire ça ». Si Antoine entendait, je n'aurais qu'à lui crier du haut de l'escalier : « Eh le gros ! Viens manger ! » Ça serait même comique. Mais comme à peu près tous les soirs à la même heure, je descends l'escalier. Je fais clignoter la lumière. Et si ça ne suffit pas à attirer son regard, pour économiser des pas, je frappe du pied sur le plancher. Il sursaute presque à tous coups ; la vibration le sort de sa bulle. Ça m'évite d'aller lui taper sur l'épaule à chaque fois. Comme toujours, il me regarde avec son air de « Qu'est-ce qu'il y a ? » Je porte mes doigts à ma bouche. Il comprend tout de suite.

Antoine n'est pas encore assis à la table qu'il m'étourdit avec ses signes. Ça va, j'ai compris! Tout le monde a compris! Même si les parents nous proposent d'autres camps de vacances, lui, il tient mordicus à retourner à celui de l'été dernier.

— Maxime, tu ne dis rien? As-tu toujours envie d'y aller?

Ah non! Mon père s'en mêle aussi. Est-ce que j'en ai envie? Toujours cette question-là! Je ne sais jamais quoi répondre. Je leur marmonne un semblant de « Oui, oui ».

— *Veux remplir inscription!*

— Plus tard les inscriptions. La semaine prochaine seulement.

Mes signes restent calmes, mais ma voix commence à s'énerver. Antoine regarde ailleurs. Il a remarqué mes yeux impatients. Je le connais. Il préfère ne pas voir la suite... Dans nos pires chicanes, il peut même aller jusqu'à fermer ses yeux pour mettre fin à la conversation.

Si je ne me retenais pas, j'ajouterais: « Le camp, c'est son affaire à lui! Moi, je ne veux plus y aller! » Mais je connais mes parents. Ils vont me demander ce que j'aimerais faire à la place. Et moi, je ne suis certain que d'une chose: je veux apprendre à jouer de la guitare. Et c'est ça le problème! Si je dis ce que je désire vraiment... Et s'ils acceptent... Antoine risque de se retrouver seul, sans interprète. Et pas d'interprète, pas de camp de vacances pour lui. C'est foutu d'avance. Si je gagne, Antoine sera le perdant.

* * *

Comme à tous les samedis, Antoine est assis devant la télévision depuis plus d'une heure. Il dévore de ses

grands yeux les dessins animés. La sonnerie du téléphone retentit. Je me précipite sur l'appareil. Ici, pas de
chicane. C'est toujours moi qui réponds.

— Max ? C'est Mathieu. Joël, David et moi, on s'en va
au parc. Rendez-vous dans dix minutes !

— O.K. Salut !

Je me glisse devant l'écran de télévision. Pas besoin
de lui faire un tas de signes. Celui du parc suffit. Il est
toujours prêt à me suivre.

Ses amis sourds habitent aux quatre coins de la ville. Il
les voit à l'école, mais rarement la fin de semaine. Je ne
voudrais pas être dans ses souliers... Je ne vais quand
même pas le laisser seul à la maison pendant que je vais
m'amuser avec mes copains. Je ne suis pas si cruel...

— Maxime, vous rentrez pour cinq heures...

— Oui, oui.

Encore ! Antoine vient de réapparaître avec un chandail
exactement comme le mien.

— *Pareil pareil !*

Très bien, allons-y !

Les gars sont déjà sur le terrain de basket. Qu'est-ce
qui se passe ? Pourquoi restent-ils plantés sous le panier
comme des piquets ? Joël tient le ballon sous son bras.
Il y a un problème ou quoi ?

Ah non ! Je comprends tout. David leur parle de sa nouvelle guitare... Avoir su, on ne serait pas venu. Je déteste
ça ! Je ne veux pas parler de musique devant mon frère.

— *On joue ?*

— Eh les gars, Antoine veut savoir si on joue bientôt ?

— Ouais, tantôt… Max, tu as vu sa nouvelle guitare ?

— *Disent quoi ?*

— Bof ! Rien d'important. David a eu une guitare.

Son nez se plisse, sa bouche se transforme en une grimace de dégoût. Et comme si ça ne suffisait pas, il pointe son pouce vers le sol. Je le savais, non ? Il se moque de notre musique. Comment faire pour lui dire que ça m'allume, moi ? Et que je veux apprendre à jouer de la guitare… et un jour, faire de la musique avec mes amis !

En attendant, changeons-nous les idées.

— Viens Antoine, on va jouer tous les deux.

Joël me fait une passe. Je me concentre sur le centre de l'anneau. Je m'élance. Antoine rattrape le ballon, se déplace en dribblant. Il est en contrôle total. Et hop ! Un panier pour lui. Du coin de l'œil, je peux voir les gars s'éclater de rire. Ils sont en grande conversation. Je voudrais bien savoir… Je rate mon deuxième tir. Je me reprends. Ça m'agace de n'entendre que des bribes de phrases…

Si j'ai bien compris, David va s'inscrire dans un camp de vacances musical. Plus chanceux que ce gars-là, ça ne se peut pas. Lui, il peut avoir la tête tranquille. Choisir de faire ce qui lui plaît sans se soucier de son frère handicapé.

Ça suffit. Je n'ai plus envie de jouer. Je fais une dernière passe à Antoine qui reçoit le ballon en plein centre de la poitrine. Il me montre son poing. O.K., j'y suis allé un peu fort, mais des fois, je trouve que la vie est injuste. Je donnerais n'importe quoi pour passer un été dans les souliers de David !

renversant… le chanteur du groupe avait une voix rauque et juste, c'était mon frère Antoine. Incroyable, non ?

Je me demande si je suis sourd dans ses rêves à lui ?

Deux heures et quart. J'arrive en courant chez David. Je suis un peu en retard. J'ai changé d'idée ! Jouer de la musique, ça n'a rien d'un caprice ! Mon frère va peut-être m'en vouloir à mort, mais qu'est-ce que je peux y faire ? Je ne suis pas sourd, moi ! Je sonne. Par la fenêtre entrouverte, j'entends de la musique. Du piano. J'ai beau m'étirer le cou, je ne vois rien d'autre que des rideaux de dentelle qui volent au vent. Je sonne encore. J'espère que mon ami n'a pas oublié notre rendez-vous…

Pour venir sans avoir à m'expliquer, j'ai prétexté des devoirs à terminer. J'ai même refusé d'aller jouer au golf avec Antoine et mon père. La porte s'ouvre. C'est David.

— C'était toi au piano ?

— Non, ma grande sœur. Elle répète pour son concert. Viens !

Pour une grande sœur, elle a l'air minuscule derrière le long piano noir. David se dirige vers elle. Je reste derrière. Je préférerais ne pas la déranger. Moi et les présentations…

— Max, c'est ma sœur Audrey. Audrey, c'est Max.

Elle lève les yeux sans même s'arrêter de jouer.

— Salut Max.

Je m'efforce de lui faire un vrai sourire. Rien à faire. Je suis coincé, complètement gelé sur place. Que voulez-vous ? Les musiciens m'impressionnent ! Sa sœur… j'ai déjà oublié son nom… replonge les yeux dans ses partitions.

Je n'y connais pas grand-chose, mais j'entends. Ça me saute aux oreilles ! Cette fille-là a du talent.

C'est ce que j'appelle une famille-orchestre ! Ils ont peut-être un petit frère *drummer* caché dans le placard avec ça ?

Cette fois, il y a deux tabourets dans la chambre de David. Un pour lui, un pour moi. Je prends la vieille guitare qui était restée dans le coin, la dépose sur mes genoux.

— Joël et Mathieu pensent s'inscrire avec moi au camp musical, ça ne te tenterait pas ?

— Même les nuls en musique peuvent participer ? Penses-y un peu, on ne sait pas jouer !

— Pas de problème ! Il y a un groupe d'initiation pour les débutants…

Ça y est ! Tous mes amis vont s'amuser à faire de la musique pendant que je vais sécher au camp de bougeotte de mon frère. Si seulement…

— … En plus, avec tout ce que je vais t'enseigner, tu n'auras rien d'un nul, crois-moi ! Ben quoi, ça te tente ou pas ?

— Tu parles d'une question stupide !

— Après… plus tard, on pourrait même former un groupe ! J'ai plein d'idées…

Pas besoin d'en rajouter ! Ça me démange assez ! Faire de la musique cet été, ce serait vraiment le summum !

— Observe bien mes doigts, essaie de reconnaître la musique.

En écoutant l'enchaînement des accords, c'est fou, mon bizarre de rêve me revient. Avec de la volonté, du travail et de la persévérance, j'y arriverai! Une seule différence: Antoine ne sera jamais le chanteur du groupe. Même pas un *fan*. Mission impossible. La musique, ça lui passe dix pieds par-dessus la tête.

Antoine peut bien répéter « pareil pareil » aussi souvent qu'il le veut. Mis à part nos cheveux noirs raides, qu'il porte mi-long et moi en brosse, une mâchoire carrée et les yeux noisette de mon père, on ne se ressemble vraiment pas. Je suis plus grand que lui de presque quatre centimètres! Je termine bientôt mon secondaire I, et lui, sa sixième année. Moi, je n'ai aucun problème avec mes oreilles.

Pourquoi fallait-il qu'on soit des jumeaux si différents?

Si seulement je l'avais laissé sortir du ventre de maman le premier, aussi! On aurait pu s'éviter un tas de problèmes. J'ai pris tout mon temps; il a manqué d'oxygène. Et manquer d'air, ça peut causer des séquelles pour la vie. L'autre soir, à la télévision, des médecins expliquaient quelque chose dans le genre. Je n'ai pas tout compris, mais j'ai tout de suite pensé à Antoine. Je ne vois pas d'autre explication. Ça aurait pu m'arriver à moi aussi…

Nos parents ont déjà raconté qu'ils étaient soulagés de nous voir la binette après un accouchement difficile. Deux beaux garçons… Pétants de santé!

Plusieurs mois plus tard, ils se sont douté qu'Antoine avait un problème. La nuit, quand je pleurais jusqu'à défoncer leurs tympans, mon frère, lui, dormait profondément à côté de moi. S'il chignait même juste un peu, moi, j'avais les deux yeux grand ouverts. Impossible de me rendormir tant qu'il n'était pas calmé. Déjà, ça se voyait qu'on était différent.

Et si c'était moi le jumeau sourd… qu'est-ce qu'Antoine ferait dans mes souliers? Est-ce qu'il m'accompagnerait partout? Me trimballerait dans toutes ses activités?

Partagerait ses amis ? Ou plutôt, foncerait-il vers son rêve...
même si ça voulait dire m'abandonner ?

Cul-de-sac ! Je suis coincé. Cette fois-ci, j'ai beau me
creuser les méninges, je ne trouve pas de solutions... je ne
vois pas comment l'inclure dans mon rêve de musique.

Je n'arrive pas à y croire ! Je rentre à la maison avec la
vieille guitare de David sous le bras. Il me la prête ! Pour
que je m'exerce... avant d'aller au camp musical.

Parfait ! Antoine et papa ne sont pas revenus du golf.
Vite, je m'enferme dans ma chambre. Je m'installe sur mon
lit. Fantastique ! Dis donc, ça me va plutôt bien, une guitare ! Mon reflet dans le miroir est... irréel ! C'est vraiment
moi ! Avec une guitare ! Avec un tabouret, ça ferait plus
sérieux. Un jour, je jouerai pour vrai. Et j'aurai une guitare
en or, moi aussi !

Je cherche le dernier accord que David m'a enseigné.
Ça sonne faux. J'essaie autre chose... Aïe ! Mes oreilles !
Encore un peu. J'y suis presque...

Après le souper, je propose à Antoine de sortir la grosse
boîte de photos. Je savais qu'il serait partant ! On vide la
boîte au milieu du salon. C'est une chasse au trésor qui
commence. Qui dénichera la plus comique ?

Antoine brandit la célèbre photo où papa me tient
suspendu par les pieds. La tête en bas, j'en perds mon
pyjama... Antoine rigole à tous coups de me voir les fesses
à l'air. On avait à peine sept ans...

Attends, je vais en trouver une... Tiens ! La fois où on
est allé à la pêche avec grand-papa. Antoine était tout
mouillé après être tombé à l'eau en voulant changer de

place avec moi dans la chaloupe. Tu parles d'une idée !
J'avais bien failli y goûter moi aussi !

— *Deux poissons dans lac aussi !*

— C'est vrai ! Tu as raison ! J'avais oublié.

Plouf ! Plouf ! Plouf ! Les deux dorés, qu'on avait pris
toute la matinée à pêcher, ont plongé avec Antoine. Mon
père se bidonne dans le fauteuil derrière moi.

Antoine vient de trouver nos photos de vacances de
l'été dernier. Je nous revois dans le même canot, la même
équipe de balle-molle… Toujours ensemble. J'avais pourtant l'air heureux d'être là ! Qu'est-ce qui a changé ? Avant,
j'aimais qu'on soit « pareil pareil. »

Sur la photo prise au feu de camp, c'est évident qu'on
est différents. Pendant que je m'époumonais à chanter
avec les autres campeurs, Antoine, lui, s'était endormi,
enfoui dans sa chaise, les bras et les jambes croisés, la
visière de sa casquette rabattue sur son nez. Ça me saute
aux yeux.

— Ce n'est pas juste !

C'est sorti tout seul d'entre mes dents serrées.

— Qu'est-ce que tu veux dire, Maxime ?

Mon père. Il ne laisse rien passer. Je voudrais bien lui
en parler, mais Antoine…

— *Dis quoi ?*

Je me lève. Mon père me suit. Il veut savoir… Une fois
dans ma chambre, je referme la porte derrière lui. Comme
un voleur, j'entrouvre la porte de ma garde-robe. Ses yeux
noisette s'allument. Il sourit. Il prend la vieille guitare
dans ses bras. Place ses doigts sur les cordes. Exactement
comme David me l'a montré.

— Il y a très longtemps que j'ai joué... Laisse-moi me dérouiller les doigts un peu...

Aïe ! Mes oreilles ! J'espère que je n'ai pas hérité des talents musicaux de mon père ! Si Antoine entendait ça, il lui ferait son pouce vers le bas. Mon père promène ses doigts sur le manche. Je me demande ce qu'il cherche... Un vieux truc de son temps, un air des Beatles ou des Stones, je suppose.

— Quand j'avais ton âge, mon oncle Robert m'en avait offert une presque pareille. Elle appartient à qui, celle-ci ?

— À mon ami David. Il me la prête pour l'été ! Papa, tu devrais voir... il a une guitare flambant neuve... elle brille tellement, on dirait de l'or ! David, c'est un vrai pro ! Il a commencé à m'enseigner...

— Ah oui ! Chanceux ! Moi, je n'ai jamais vraiment appris à jouer.

Si j'avais un peu plus de courage, je lui parlerais du camp musical, là, tout de suite.

Il gratte les cordes une dernière fois sans trop de succès, hausse les épaules et me remet la guitare. Il s'en va. Je pense qu'il aurait vraiment aimé savoir en jouer.

La porte s'ouvre à nouveau. Mon père a oublié quelque chose ? Ah non, pas lui ! Pas maintenant !

— *Fais quoi avec ça ?*

Qu'est-ce que tu crois ? Que je tricote peut-être ? Je me sens comme un voleur qui se fait prendre la main dans le sac. Antoine me fait son pouce vers le bas.

— J'ai bien le droit de faire de la musique si j'en ai envie !

— *Pourri, la musique !*

— Moi, j'aime ça ! Et cet été, je veux aller dans un camp musical !

— *Non ! Ensemble au camp !*

Continue ! Vas-y ! Dis que je suis un sans-cœur !

— *Toi et moi, pareil pareil !*

Oh non ! Surtout pas ça !

— SORS DE MA CHAMBRE !

En plus des signes, j'ai hurlé si fort que nos parents arrivent en courant. Ma mère pose sa main sur l'épaule d'Antoine. Il ouvre les yeux.

— *Max fâché ! Ne veut plus le camp ! Moi, seul !*

Mon père se tourne vers moi.

— Maxime, qu'est-ce qui se passe ?

— Allez-vous-en tout le monde ! Il n'y a pas de problème !

— Alors, pourquoi tu pleures ?

Ça, c'est mon père tout craché. Je ne pleure pas ! Fichez-moi la paix ! Je me jette sur mon lit, enfonce ma tête dans le creux de mon oreiller. Tout est fichu, mon rêve est à l'eau…

J'essuie mes yeux mouillés. Mon père est resté là, assis au pied de mon lit tout ce temps.

— Tu veux m'en parler ?

— Je n'ai rien contre Antoine ! Mais il faudrait toujours faire à sa tête ! Moi, je veux juste aller au camp musical avec mes amis. Je ne veux pas manquer ça, papa !

— Et où est le problème?

Et moi qui croyais que c'était clair. Vas-y Max, plonge!

— Ben euh… C'est Antoine! Il ne peut pas se débrouiller sans moi!

— Un instant, jeune homme! Tu oublies que vous avez treize ans tous les deux!

— Oui mais…

— Souviens-toi de ce que maman vous répète souvent: «Chacun dans vos souliers!» Antoine pourrait en profiter pour aller au camp de vacances pour personnes sourdes…

Ouais, si seulement ça pouvait être si simple…

Ça suffit! Je jongle avec cette histoire depuis assez longtemps. C'est décidé! Je vais parler à Antoine!

Il est assis à sa table de travail. Je cogne deux bons coups sur le plancher avec mon talon. Il sursaute et se retourne. Rien. Pas un seul signe.

— Il faut qu'on se parle. Je veux faire la paix.

Il me regarde toujours. Bon, je continue.

— C'est vrai que cet été je veux aller au camp musical avec mes amis. Mais ce n'est pas tout! J'ai oublié de te dire que je tiens aussi à passer du temps avec toi.

Il hausse les sourcils, croise les bras et se cale dans le creux de sa chaise.

— Le camp ne dure que deux semaines! Il nous reste plusieurs semaines de vacances à organiser. On pourrait les planifier ensemble. Qu'est-ce que tu en penses?

— *Faire quoi ? Moi, la musique, n'entends pas !*

— O.K., c'est vrai. On n'est pas des jumeaux pareils pareils. Mais je ne peux rien y changer. Et toi non plus ! Alors, qu'est-ce qu'on fait ?

Il baisse les yeux. J'ai peut-être été trop dur… Il retourne à ses affaires, feuillette un dépliant. Bon, il ne veut plus en parler ou quoi ?

— *Moi aussi, un camp spécial ! Regarde, papa m'a donné.*

Il me tend le dépliant avec son plus grand sourire. Franchement, il a presque l'air content. Je n'en crois pas mes yeux.

— *Juste pour les sourds ! Pas d'interprète !*

— Tu es vraiment content d'y aller sans moi ?

— *Oui ! Seul dans mes souliers ! Capable !*

* * *

Ce matin, au petit déjeuner, l'excitation est à son maximum !

— *Prendre photos.*

— Oui ! Plein de photos !

La valise d'Antoine est sur le seuil de la porte depuis sept heures ce matin. Ça ne fait pas de doute, il est prêt ! Il ne parle que de ça : le camp pour les sourds, ses amis, le canot, le tir à l'arc, blablabla. On aura plein de choses à se raconter au retour.

Je regarde ma montre. Neuf heures cinquante-trois. Plus que sept minutes avant son départ. Papa et Antoine installent ses bagages dans le coffre arrière de la voiture. Juste avant que mon frère monte s'asseoir sur la banquette avant, on échange une poignée de main. Il a vraiment l'air pressé de partir. Ça me fait un pincement au cœur. Bizarre. Comme un choc électrique.

L'auto s'éloigne. Antoine tourne la tête et me fait un signe de la main. Je me sens bien seul tout à coup... Qu'est-ce qui m'arrive ? Je ne vais quand même pas me mettre à pleurer... Une chose est sûre : je vais beaucoup penser à lui. Je me demande s'il va penser à moi, là-bas ? Ou s'il sera trop occupé à s'amuser avec ses amis ?

Pour la première fois de notre vie, on part chacun de notre côté pour deux longues semaines. Est-ce que ça veut dire qu'Antoine n'a plus besoin de moi ?

Tiens, j'entends un klaxon. C'est à mon tour ! J'empoigne ma valise, mon sac à dos et la vieille guitare de David.

En avant la musique !

Seconde partie

EXERCICES ET STRATÉGIES

Dans le but d'alléger le texte des exercices et des stratégies, le masculin est utilisé pour désigner les deux sexes, mais toutes les questions s'adressent aussi bien aux filles qu'aux garçons. De même, « frère ou sœur ayant des besoins particuliers » a été remplacé par f/s.

Les personnages, le lecteur et leurs expériences

Star d'un soir

- Jeanne vit toutes sortes d'émotions par rapport à Laurence. Quelles sont celles que tu as reconnues ? Dans quelles circonstances t'est-il arrivé de ressentir ces mêmes émotions ?

- À qui Jeanne pourrait-elle parler de son désir d'avoir une fête juste pour elle ? Identifie quelques personnes à qui tu pourrais parler si tu vivais un problème semblable. En cherchant bien, trouve quelques suggestions pour Jeanne.

- En relation avec Laurence, Jeanne a appris le respect des différences. Quelles sont les qualités que tu as développées en relation avec ton f/s ?

Dure journée pour Léa

- Imagine la suite de l'histoire. Selon toi, comment se déroulera la deuxième journée à l'école de Léa ? De quelle façon Léa réagira-t-elle aux commentaires blessants ? Qui l'aidera ? En parlera-t-elle à ses parents ? Si oui, comment les parents pourraient-ils l'aider ? Explore différentes possibilités.

- Léa vit une journée difficile. Heureusement, elle a Annie, sa meilleure amie. Mais elle aimerait bien que son grand frère s'en mêle, lui aussi ! Si tu as d'autres frères et sœurs, de quelle façon les responsabilités sont-elles partagées ? Selon toi, est-ce juste ? Si non, comment faire pour équilibrer les tâches ?

À ton tour Gab !

- Gabriel consacre beaucoup de temps et d'énergie à sa passion pour les sciences. Et toi, quelles sont tes passions, tes intérêts ? Avec qui les partages-tu ? Qui t'encourage à les poursuivre ?

- JeanLou passe la fin de semaine avec les Girard : imagine que tu es Gabriel. Comment réagis-tu devant le projet de vacances à Québec ? Est-ce que ta famille profite d'un répit à l'occasion ? Si oui, que faites-vous ? Si non, qu'aimerais-tu faire pendant cette fin de semaine sans ton f/s ?

Chacun dans ses souliers

- Comme nous tous, Maxime vit des moments heureux et d'autres plus difficiles avec Antoine. À quoi ressemblent les bons moments passés avec ton f/s ? Qu'est-ce qui rend ces moments agréables ?

- Maxime rêve de faire de la musique. Toi, à quoi rêves-tu ? De quoi aurais-tu besoin pour réaliser ton rêve ? Qui pourrait t'aider ? Et comment ?

- Maxime a tort de croire qu'il est la cause de la surdité de son frère, mais il ne le sait pas. Connais-tu l'origine du handicap de ton f/s ? Si oui, comment l'as-tu appris ? Si non, trouve quelques personnes qui pourraient t'aider dans ta recherche (un parent, un médecin ou un autre professionnel : physiothérapeute, ergothérapeute, psychologue, éducateur…).

Comme la plupart des frères et sœurs, Jeanne, Léa, Gabriel et Maxime ont souvent l'impression d'être seuls au monde à vivre des émotions ambivalentes face à leur f/s.

- Imagine que tu rencontres l'un d'eux. À qui aimerais-tu parler ? Qu'est-ce que tu lui dirais ? Écris une lettre au personnage de ton choix. En relisant ta lettre, demande-toi ce que tu aimerais entendre en retour.

- Selon toi, qu'est-ce que les parents pourraient faire pour aider les frères et les sœurs 1) dans chacune des histoires 2) dans la vraie vie ?

Chacun des personnages a son histoire, ses émotions, ses pensées, ses forces, ses faiblesses, ses inquiétudes...

- Quel est le personnage dans lequel tu te reconnais le plus ? Qu'avez-vous en commun (des émotions, des forces, des anecdotes cocasses...) ?

- Quel est le personnage dans lequel tu reconnais le plus ton f/s ? Qu'ont-ils en commun (des émotions, des comportements...) ?

Exercice 2
Des phrases à compléter*

Attention! Il n'existe ni de bonnes ni de mauvaises réponses à cet exercice! Tes réponses changeront au fil des jours, parce que tu auras adopté un nouveau point de vue, parce que tu auras appris quelque chose de différent, ou parce que tu auras changé d'attitude. Je t'invite à ouvrir ton cœur et à accueillir tes réponses sans porter de jugement.

Voici quelques suggestions pour faire cet exercice: tu peux compléter toutes les phrases en moins de cinq minutes, ou ne faire qu'une phrase par jour pendant soixante jours; tu peux compléter quelques phrases par semaine et y revenir dans un mois, dans six mois, dans un an, pour répondre à nouveau et constater l'évolution. Tu peux aussi faire l'exercice avec un ami, avec un frère ou une sœur, avec un parent, avec un groupe de soutien pour la fratrie, le faire en solitaire ou dans ton journal intime.

Vas-y! Amuse-toi!

---

* Cet exercice s'inspire à la fois d'une activité proposée par Donald Meyer, conférencier et auteur de plusieurs livres pour la fratrie (f/s) dont *Views from our Shœs: Growing Up with a Brother or Sister with Special Needs*, et du *Boîtier d'activités* réalisé par le Comité « Frères et sœurs » de l'Association pour l'intégration sociale (Région de Québec).

Moi

1. Je suis fier de moi quand...

2. J'aimerais, moi aussi, avoir la permission de...

3. Je ressens de la colère quand...

4. Je me sens obligé de... et je n'aime pas ça.

5. Un jour, j'aimerais être comme...

6. Je me sens utile quand...

7. Quand j'ai des joies ou des peines, je les confie à....

8. Je me sens bon quand...

9. Quand je pense à l'avenir, je m'imagine...

10. Je me sens triste quand...

11. Je rêve de...

12. Je perds patience quand...

13. Je me sens coupable quand...

14. Je trouve injuste de ne pas pouvoir...

Mon f/s et moi

15. Ce que j'aime le plus chez mon f/s, c'est...

16. Un jour, j'aimerais que mon f/s...

17. Je trouve que mon f/s prend trop de place quand...

18. J'envie mon f/s quand...

19. J'aime aider mon f/s quand...

20. J'ai honte de mon f/s quand...

21. Je déteste devoir partager... avec mon f/s.

22. Ce que mon f/s aime le plus de moi, c'est…

23. J'ai peur quand mon f/s…

24. Quand je pense à l'avenir, j'imagine mon f/s…

25. Je suis fier de mon f/s quand…

26. J'aimerais aller ou faire… sans mon f/s.

27. Mon f/s m'étonne à chaque fois quand…

28. Je me mets en colère contre mon f/s quand…

29. J'ai peur de faire de la peine à mon f/s quand je…

30. Si mon f/s n'avait pas de handicap, je…

31. Je ne comprends pas pourquoi mon f/s fait… ou pourquoi il est…

32. J'adore être avec mon f/s quand…

33. Je suis inquiet pour mon f/s quand…

Mes parents et moi

34. Je me sens bien avec mes parents quand…

35. J'aimerais que mes parents m'expliquent…

36. J'ai peur de faire de la peine à mes parents si je…

37. J'aimerais que mes parents comprennent que…

38. Je préfère ne rien dire à mes parents quand…

39. J'admire ma mère pour…

40. J'aimerais que mes parents sachent que c'est difficile pour moi quand…

41. J'aimerais avoir plus de temps seul avec mon père pour faire…

42. Quand mes parents ont de la peine, je…

43. J'admire mon père pour…

44. J'aimerais que mes parents devinent quand…

45. Quand mes parents sont fatigués, je…

46. Quand mes parents sont en colère, je…

47. J'aimerais passer plus de temps seul avec ma mère pour…

48. Je n'ose pas demander à mes parents…

49. Je crois qu'il est important pour mes parents que je…

50. J'ai peur que mes parents m'aiment moins si je…

51. J'aimerais que mes parents me disent plus souvent que je suis…

52. J'ai peur de choquer mes parents si je…

53. Je sais que mes parents sont fiers de moi quand je…

Les autres, mon f/s et moi

54. Voici comment je présente mon f/s à mes amis: …

55. J'ai peur de perdre mes amis quand mon f/s…

56. Quand les gens se moquent de mon f/s, j'ai envie de…

57. Les autres disent que mon f/s est…

58. Je suis gêné d'être vu en public avec mon f/s quand…

59. J'envie mes amis quand…

60. J'aimerais que mes autres frères et sœurs…

Stratégies pour
les frères et sœurs*

Chaque lecteur est invité à enrichir cette liste de stratégies en y ajoutant les siennes.

1. Parle de ce que tu vis, de tes émotions et de tes inquiétudes, à tes parents, à tes enseignants, à tes amis, à d'autres frères et sœurs, ou même à un journal intime.

2. Renseigne-toi sur le handicap ou les besoins particuliers de ton f/s. Mieux connaître une chose permet souvent de mieux vivre avec.

3. Joins un groupe de soutien ou d'activités spécialement organisé pour les frères et sœurs de ton âge. S'il n'en existe pas près de chez toi, parle de ton intérêt à tes parents ou à un professionnel. Ils pourront t'aider à en faire la demande à l'association reliée au handicap de ton f/s.

4. Apprends de l'expérience des autres. Tu n'es pas le seul! D'autres personnes vivent avec un frère ou une sœur aux besoins particuliers. Tu peux tirer des leçons de leurs erreurs et profiter de leurs succès.

5. Reconnais que tu vis une relation fraternelle particulière. Accepte d'enseigner à tes parents, à tes amis et aux professionnels ce que c'est que d'avoir un frère ou une sœur aux besoins particuliers.

---

* Pour élaborer cette liste de stratégies, l'auteur s'est inspiré de son expérience personnelle, de témoignages reçus et de lectures. Voir en particulier l'ouvrage suivant: POWELL, THOMAS & GALLAGHER, PEGGY. *Brothers and Sisters – A Special Part of Exceptional Families*. Baltimore: Paul H. Brookes, 1993, 2ᵉ édition.

6. Reconnais les ressemblances entre ta relation avec ton f/s et toute autre relation fraternelle. Observe les familles de tes amis.

7. Donne-toi la permission de vivre des émotions ambivalentes face à ton f/s. Rassure-toi, c'est naturel de ne pas être tous les jours en amour avec son f/s, comme avec toute autre personne d'ailleurs !

8. N'hésite pas à demander de l'aide quand tu en as besoin. Identifie une ou des personnes de confiance dans ton entourage qui sauront t'écouter et te respecter.

9. Reconnais que, par tes interactions avec ton f/s, tu deviens un modèle pour les autres. Tu as probablement développé des habiletés, comme une façon particulière d'intervenir auprès de ton f/s, un langage, des exercices physiques adaptés, etc.

10. Partage tes connaissances sur le handicap. Dans bien des cas, tu es expert en ce qui concerne ton f/s. À ton contact, les autres apprendront le respect des différences.

11. Cultive l'humour, ris des situations cocasses qui se produisent dans ta famille.

12. Reconnais les qualités et les points forts de ton f/s.

13. Encourage ton frère ou ta sœur à devenir le plus autonome possible. Tu peux l'aider à apprendre plutôt que de tout faire à sa place.

14. Reconnais tes qualités et tes forces, développe tes talents, poursuis tes rêves ! Encourage ton f/s à faire de même selon ses propres capacités. Apprécie les succès de chacun sans chercher à les comparer.

15. Reconnais et exprime tes besoins. Ils sont différents peut-être, mais tout aussi importants que ceux de ton f/s !

Stratégies pour les parents *

Après avoir considéré chacune des stratégies proposées ici, évaluez-en la pertinence pour votre famille. Je vous invite à consulter les frères et les sœurs, et à enrichir cette liste de vos propres stratégies.

1. Prenez soin de vous ! C'est un préalable incontournable pour pouvoir prendre soin des autres.

2. Reconnaissez et accueillez vos propres émotions ambivalentes face à votre enfant qui a des besoins particuliers. Il vous sera alors plus facile de reconnaître et d'accepter que les frères et sœurs passent par la même gamme d'émotions que vous.

3. Reconnaissez que vous êtes un modèle important. Les frères et sœurs apprennent de vos façons d'agir avec cet enfant aux besoins particuliers.

4. Écoutez attentivement et reconnaissez l'expérience fraternelle unique des frères et sœurs. Soyez prêt à apprendre de leur expérience. Accueillez leurs émotions, leurs observations, leurs suggestions et leurs inquiétudes. Portez une attention particulière au langage non-verbal.

5. Soyez ouvert, honnête et disponible. Encouragez les questions des frères et sœurs et répondez-leur franchement. Vous n'avez pas les réponses ? Pourquoi ne pas les chercher ensemble ! Dans les livres, sur Internet, auprès d'un spécialiste, d'une association.

Pour élaborer cette liste de stratégies, l'auteur s'est inspiré de son expérience personnelle, de témoignages reçus et de lectures. Voir en particulier l'ouvrage suivant : POWELL, THOMAS & GALLAGHER, PEGGY. *Brothers and Sisters – A Special Part of Exceptional Families*. Baltimore : Paul H. Brookes, 1993, 2ᵉ édition.

6. Appréciez le caractère unique de chaque enfant. Évitez les comparaisons qui favorisent un des enfants au détriment des autres. Reconnaissez et nommez les forces de chacun et son apport unique à votre famille.

7. Évaluez les responsabilités des frères et sœurs en ce qui concerne les soins particuliers et diminuez-les au besoin. Le partage des tâches et le recours aux services externes peuvent permettre de maintenir un équilibre et éviter de surcharger les frères et sœurs.

8. Utilisez les services de répit et de soutien. Ces services ont été mis sur pied pour vous. Profitez-en pour refaire le plein d'énergie et pour passer du temps avec les autres enfants.

9. Soyez juste. Spécialement en ce qui concerne la discipline, l'attention et les ressources accordées à chacun ; évitez le « deux poids, deux mesures » en favorisant un des enfants au détriment des autres. Maximisez les situations « gagnant-gagnant ».

10. Informez-vous et communiquez l'information pertinente sur le handicap en tenant compte du degré de compréhension des frères et sœurs. Utilisez les livres et les films pour favoriser les échanges et répondre à leurs questions. Leurs préoccupations sont diverses et s'étendent sur toute une vie. Répétez l'information aussi souvent que nécessaire. Les non-dits laissent trop souvent place à l'interprétation.

11. Prévoyez du temps pour chacun. Tout le monde (le frère et la sœur aussi !) reconnaît que l'enfant ayant des besoins particuliers requiert plus d'attention et de temps de la part des parents. Rééquilibrez en partie l'iniquité en réservant aux frères et sœurs des moments d'attention privilégiée qui servent à réaffirmer leur importance à vos yeux.

12. Permettez aux enfants de régler leurs conflits. Les chicanes entre frères et sœurs sont normales et même saines très souvent. Partagez avec eux des modèles pour résoudre les problèmes, donnez-leur des moyens d'y arriver plutôt que de le faire à leur place. Ils sont à créer leur relation!

13. Accueillez les amis à la maison, les vôtres et ceux de vos enfants. Encouragez les contacts avec l'extérieur et l'intégration sociale de l'enfant qui a des besoins particuliers.

14. Soyez reconnaissant de la contribution spéciale des frères et sœurs. Manifestez votre appréciation et vos encouragements lorsqu'ils font des sacrifices, sont patients ou particulièrement aidants. Nommez les bons coups.

15. Reconnaissez la spécificité de votre famille. Appréciez les avantages et évitez les comparaisons avec les autres familles. Chaque famille vit ses problèmes. Visez l'atteinte d'objectifs réalistes.

16. Impliquez les frères et sœurs. Invitez-les à participer à une rencontre scolaire, à un rendez-vous avec un professionnel, sollicitez leur aide dans l'élaboration de services ou traitements nécessaires, favorisez l'apprentissage de compétences.

17. Encouragez l'enfant ayant des besoins particuliers à une autonomie maximale. Cette attitude parentale reconnaît les limites de vos attentes envers les frères et sœurs, diminue la dépendance du f/s et forme les bases de leur relation fraternelle future.

18. Identifiez les situations de stress pour les frères et sœurs: l'entrée à l'école, le rejet par les pairs, le premier amoureux ou la maladie d'un enfant, autant d'occasions de maintenir la communication et d'explorer ensemble les solutions possibles.

19. N'hésitez pas à avoir recours à des professionnels. Il arrive qu'un frère ou une sœur ait besoin de l'attention particulière d'un professeur, d'un éducateur ou d'un psychologue.

20. Encouragez la participation des frères et sœurs à un groupe de soutien pour la fratrie. S'ils rencontrent d'autres personnes qui vivent une expérience similaire, cela leur fera le plus grand bien. S'il n'en existe pas, faites-en la demande à l'association reliée au handicap de votre enfant ou participez à la mise sur pied d'un tel programme.

21. Prévoyez et encouragez les activités familiales dites normales. Prenez les moyens nécessaires pour partir en vacances, vous amuser et faire des projets plutôt que de vous en abstenir parce que cela semble trop compliqué. Élaborez ensemble des moyens pour y arriver. Les activités normales favorisent les liens familiaux.

22. Ne vous attendez pas à ce que les frères et sœurs se comportent comme des « saints ». Permettez-leur d'être vrais, honnêtes et d'exprimer ce qu'ils sont et ce qu'ils ressentent. Évitez de leur demander d'exceller ou de grandir trop vite. Des relations saines font naître toute une gamme d'émotions. Par moments, les enfants feront preuve d'impatience, d'incompréhension et de manque de compassion.

23. Prenez l'habitude de demander et ne tenez rien pour acquis. « Est-ce que tu accepterais de garder ton frère pendant que je vais faire une course ? » « Est-ce que ça va si ta sœur s'assoit près de toi au restaurant ? » Si la réponse est « oui », remerciez-le. Si la réponse est « non », trouvez une autre solution. C'est une façon de leur démontrer que leurs besoins sont pris en considération.

24. Chacun son tour ! Laissez savoir aux frères et sœurs qu'ils sont importants et qu'il leur arrive d'avoir la

première place. L'enfant ayant des besoins particuliers apprendra la patience.

25. Parlez de l'avenir, évitez les mystères. Tous devraient participer à ces discussions. Nommez les inquiétudes possibles, explorez ensemble différentes options de prise en charge du frère ou de la sœur ayant des besoins particuliers.

26. Cultivez l'humour et le plaisir ! Dédramatisez, souvenez-vous des faits cocasses, riez ensemble de vos expériences familiales. Favorisez les interactions où le plaisir est partagé.

27. Encouragez les frères et sœurs à profiter de leur enfance, à participer à des activités sportives ou communautaires, et offrez votre collaboration. Ce sont d'abord des enfants. Encouragez la vie sociale de chacun.

28. Lisez ensemble ce livre. Faites-en un moment privilégié en compagnie du frère ou de la sœur.

LE MOT DE LA FIN...

Il ne fait aucun doute pour moi que vivre avec un frère ou une sœur qui a des besoins particuliers influence grandement la vie familiale, sociale et professionnelle des frères et sœurs.

Faire tomber un tabou n'est pas chose facile. Mais si j'ai piqué votre curiosité, soulevé de nouvelles questions, apporté une vision différente ou sensibilisé certains lecteurs à l'expérience des frères et sœurs, j'aurai atteint mon objectif.

Tant de choses restent à dire! Le sujet de la fratrie est loin d'être vidé. En ce qui me concerne, ce livre n'est qu'un début...

Le sujet de ce livre étant l'expérience des frères et des sœurs, j'ai réservé peu de place aux besoins particuliers. Les handicaps, déficiences, incapacités ou maladies se manifestent en général de façons diverses chez les milliers de personnes atteintes.

D'autres documents informeront sur les différents besoins particuliers, sur leur définition, leurs causes possibles et leurs répercussions. J'encourage les lecteurs dont les questions restent sans réponse à identifier, dans leur entourage ou dans la bibliographie qui suit, les ressources susceptibles de les informer davantage.

Invitation à m'écrire

Chers lecteurs,

Vos commentaires me sont précieux! J'aimerais connaître vos impressions à la lecture de ce livre : en ce qui concerne les histoires, les personnages, les exercices.

J'invite particulièrement les frères et sœurs à me faire part de leur expérience de vie avec une personne ayant des besoins particuliers. Vos réponses aux exercices et vos propres stratégies pourraient aussi m'inspirer de futures histoires.

Je lirai chacune de vos lettres avec beaucoup d'attention.

Voici mon adresse électronique :
edith.blais@freresetsoeurs.ca

N'oubliez pas de joindre à vos lettres quelques informations utiles : votre nom, votre âge, les noms et âges de vos frères et sœurs, les mots qui servent habituellement à nommer les besoins particuliers de votre f/s, votre adresse postale et électronique. Si je désirais utiliser votre témoignage dans un prochain livre ou sur mon site Internet francophone consacré à la fratrie, je m'engage à communiquer avec vous au préalable pour m'assurer de votre accord.

BIBLIOGRAPHIE ET RESSOURCES

BÉLANGER, R. *La jalousie entre frères et sœurs*. Saint-Laurent: Éditions Robert Bélanger, 1984. 143 p.

DE FELICE, L. «Sœurs et frères pour la vie?». *Revue de l'APAJH (Association pour adultes et jeunes handicapés)*, no 55, sept. 1997:6-8.

DUFRENNE, MN. «Quand frères et sœurs sont dans la même école....». *Déclic+*, no 39, sept. 1997:34-37.

GARDOU, C. *Le handicap en visages, 3: frères et sœurs de personnes handicapées*. Ramonville Saint-Agne: Érès, 1997. 189 p. (Connaissances de l'éducation).

GERMAIN, Y. «La fratrie en danger». *Revue de l'APAJII*, no 55, sept. 1997:2-5.

KLEIN, S ET SCHLEIFER, MJ. *It isn't fair! Siblings of children with disabilities*. Westport: Greenwood Publishing Group, 1993. 176 p.

KORFF SAUSSE, S. «Fratrie, filiation et handicap — Être frère ou sœur d'un enfant handicapé». *Contraste*, 1996 (4):127-145.

LOBATO, DEBRA. *Brothers, sisters and special needs : Information and activities for helping young siblings of children with chronic illnesses and developmental disabilities*. Baltimore: Paul H. Brooks, 1995. 224 p.

McHUGH, M. *Special Siblings: Growing up with someone with a disability*. New York: Hyperion, 1999. 225 p.

MEYER, D ET VADASY, P. *Living with a Brother or Sister with Special Needs. A Book for Sibs*. Seattle: University of Washington Press, 1996. 139 p.

MEYER, DJ. *Views from our shœs. Growing up with a Brother or Sister with specials needs*. Bethesda : Woodbine House, 1997. 113 p.

POWELL, T ET GALLAGHER, P. *Brothers and Sisters — A Special Part of Exceptional Families*. Baltimore : Paul H. Brookes, 1993. 256 p.

SCELLES, RÉGINE. *Fratrie et handicap : l'influence du handicap d'une personne sur ses frères et sœurs*. Paris : L'Harmattan, 1997. 237 p. (Technologie de l'action sociale)

SCELLES, R ET JOSELIN, L. « La famille de l'enfant handicapé à travers la littérature enfantine contemporaine ». *Handicap : revue de sciences humaines et sociales*, 1999 (82) :33-49.

SCELLES, R. « Les frères et sœurs : les oubliés de l'intégration scolaire des enfants porteurs d'un handicap », tiré de *L'intégration des personnes présentant une déficience intellectuelle*. Trois-Rivières : Actes du IIIe Congrès de l'A.I.R.H.M, UQTR, Département de psychologie, 1995 :229-235.

SIEGEL, B ET SILVERSTEIN, S. *What about me ? Growing up with a Developmentally Disabled Sibling*. Cambridge : Perseus Press, 1994. 296 p.

Outils conçus pour l'animation d'ateliers pour la fratrie

Comité « Frères et sœurs ». *Boîtier d'activités*. 1995. Association pour l'intégration sociale (Région de Québec). 215, rue des Peupliers Ouest, Québec (Québec) G1L 1H8

GOSSELIN, C. *La fratrie : Vivre en famille quand un frère ou une sœur a une déficience intellectuelle*. 420 Sauvage Mouillé, Sainte-Adèle, Québec J0R 1L0

GOSSELIN, C ET PILOTTO, M. *Mon frère, ma sœur et moi*, vidéocassette. UQTR, 1991, 29 min.

MEYER, D ET VADASY, P. *Sibshops : Workshops for Siblings of Children with Special Needs*. Baltimore : Paul H. Brooks, 1996. 237 p.

Sites Internet et forums de discussion

▶ Site Internet crée par l'auteur de ce livre. Pour les frères et les sœurs, pour les parents et tous ceux qui ont à cœur le bien-être des familles.
http://www.freresetsoeurs.ca

▶ Site Internet anglophone à ne pas manquer :
The Sibling Support Project of the Arc of the United States
http://www.thearc.org/siblingsupport/
Don Meyer, director
donmeyer@siblingsupport.org
Trois forums de discussion anglophones y sont proposées. Plusieurs centaines d'abonnés de partout dans le monde y partagent leurs expériences et y trouvent du soutien : **SibKids** s'adresse aux jeunes frères et sœurs, **SibNet** aux frères et sœurs adultes et **SibGroup** aux responsables et animateurs de groupes et d'ateliers pour la fratrie.

▶ Deux nouveaux forums de discussion francophones :
http://groups.yahoo.com/group/jeune-fratrie
Lieu d'échange pour jeunes frères et sœurs ayant un membre de leur famille avec une déficience intellectuelle.

http://groups.yahoo.com/group/fratrie-net
Lieu d'échange pour frères et sœurs adultes ayant un membre de leur famille avec une déficience intellectuelle.

▶ **Centre d'Information sur la santé de l'enfant (CISE) de l'Hôpital Sainte-Justine.**
http://www.hsj.qc.ca/CISE

Répertoire de groupes d'entraide et d'associations en santé : Centre d'information sur la santé de l'enfant (CISE) de l'Hôpital Sainte-Justine
http://www.hsj.qc.ca/CISE/resspres.htm